두 도시의 산책자

두 도시의
산책자

장경문 지음

낯선 도시에서 찾은
가볍게 사는 즐거움

혜화동

우리는 늘 새로운 시간을 살고 있다

이 책은 내가 4년간 유학 생활을 했던 뉴욕에서의 경험과 생활에 대한 것이다. 내 일상에서 시작된 이야기들이지만, 일기라기보다는 관찰기 같은 기록 모음이랄까. 한 권의 책에 4년이라는 시간이 모두 담길 리야 없겠지만, 그 시간 동안 열심히 살았던 내 삶의 기억들이 여기 모여 있다.

서울이라는 대도시의 생활에 갇혀 지내던 나는 새로운 도전이 필요했다. 하고 싶은 공부가 있었고 기회가 와서 떠나게 됐다. 어쩌다 보니 뉴욕이라는 도시로 가게 되었을 뿐인데, 그 도시는 내게 많은 생각과 질문을 던져 주었다. 그것들은 내 개인적인 취향, 이를테면 정말 좋아하는 것과 싫어서 견디지 못하는 것들에서부터 사람과 사람 사이의 관계나 결혼한 여자의 '위치', 일상에 대한 혹은 일상에서의 태도, 내가 하는 공부의 목적 등등에 이르기까지 다양하게 펼쳐졌다. "이렇게 하는 게 옳아요."라고 정답을 제시할 수는 없지만 치열하게 고민하며 답을 찾고자 했고, 그곳의 사람들과 생활을 관찰하여 (나도 모르게 이곳과 비교하며) 지니게 된 내 나름의 결론들을 책에 담았다.

뉴욕에서 박사 과정을 밟는 동안 나는 스스로 중간자적인 입장이라 생각하며 지냈다. 잠깐이라기엔 제법 오래 머물렀지만 그렇다고 완전한 이주도 아니었다. 서른이 되어 홀로 유학을 떠나 학생으로 지냈지만 공부에만 몰두한 것도 아니었다. 공부하는 도중 결혼을 했고 결혼 후에도 한동안 혼자 살았다. 남편과 뉴욕에서 일 년을 함께 지내며 그곳에서 임신과 출산을 경험했다.

그곳 학교에 적을 두었지만 현지인도 아니고 그렇다고 철저히 외부인도 아닌, 돌아올 것이 예정되어 있어 적당히 발을 걸쳐 놓고 이런저런 경험을 해 본 그런 사람으로 존재했다. 낯선 도시에서의 생활은 익숙해질듯 하면 (나만 그렇게 느꼈던 건지) 늘 새로운 무언가가 불쑥 나타나곤 해서, 그 친숙함에 물들지 않고 한 발짝 더 떨어져 주변을 지켜볼 수 있었던 것 같다.

어찌 보면 내게는 꿈같은 시간이다.

마냥 행복하고 좋았던 기억이라서가 아니다.

지금과 너무 다른 생활이었기에

그런 때가 있었나 싶어 꿈같다.

분명 그때의 시간이 내 삶의 일부가 되어

남아 있을 텐데 돌이켜보면 낯설게 느껴진다.

지금의 나에게도 낯선 그때의 나.

삶에 크고 작은 일들이 이어지면서

그런 꿈같은 시간들이 쌓여 간다.

우리는 계속해서 새로운 시간을 살아가게 되니까.

처음 글을 쓰기 시작한 때는

세상에 존재하지 않던 둘째가 태어났다.

내게 또 다른 시간이 열린 셈이다.

그와 동시에 다시 새로운 눈으로

나를, 내 주변을 바라보게 되겠지.

다른 도시나 공간에 가지 않아도 충분히 '나의 시간' 혹은 '나의 주변'을 돌아볼 수 있는 혜안은 가질 수 있다. 독자들이 그런 눈을 지니게 되는 데 보탬이 되는 시간을

이 책이 선사했으면 좋겠다.

혼자 할 수 있는 작업은 아니었다. 갖고 있는 이야기를 풀어 보라고 글을 쓰게 만들어 준 언니와 형부, 늘 응원해 주시는 부모님과 시부모님, 기도해 주시는 이필산 목사님. 또 책이 나올 수 있도록 여러 가지 모양으로 도움 주시고 수고해 주신 이상호 대표님과 권은경 편집자님. 마지막으로 곁에서 이런저런 시간들을 함께 하며 기억들을 일깨워 준 남편과 끊임없이 새로운 시간을 열어 주는 두 딸들에게 감사의 말을 전한다.

2018년 4월의 봄날

장경문

목차

1장

/

혼자 있던 시간이
준 선물

나의 첫 뉴욕

내 생애 처음으로 뉴욕을 가 본 것은 아버지 유학 시절 가족들과 갔던 30년도 더 된 옛날이다. 하지만 그때는 만 두 살 무렵인 워낙 꼬꼬마 시절이라 기억이 별로 없으니 이때는 생략하고, 이후 학교 연구소에서 하던 일과 관련 하여 혼자 출장을 갔던 2009년을 첫 뉴욕 방문으로 삼아 야겠다.

그때쯤 내 주변에는 이미 뉴욕을 한두 번씩 여행 다녀 온 사람들이 많았지만 왜 그렇게 사람들이 "뉴욕뉴욕" 노래를 부르는지 이해할 수도 없고 그다지 가고 싶지도 않던 그냥 머나먼 도시였다. 정작 내가 일 때문에 가게 됐을 때도 워낙 정신없이 돌아다니며 사진을 찍어야 했 기에 '즐길' 틈도 없어, 내게 남은 뉴욕의 인상은 서울과 크게 다를 바 없는 복잡한 도시였다. 그래서 도대체 사람 들이 왜 그리 뉴욕을 좋아하는지 더욱 이해할 수 없는 곳이 되었다.

　비행기로 14시간 이상을 오가는 건 또 어찌나 힘들었는지…. 나중에 유학하면서 서울과 뉴욕을 여러 번 오가며 알게 된 건 내가 비행기 멀미가 있다는 사실이다. 비행이 6~8시간 정도만 지나면 속이 울렁거리고 힘들어진다. 비행기에서 잠도 잘 못 자서 괴로운데 거기다 멀미까지 있으니 죽을 맛이었다. 다행히(?) 아직까지 실제로 게워 낸 기록은 안 생겼지만 얼굴이 하얗게 질려서 좌석 앞에 비치된 봉투를 집어 챈 적이 몇 번 있었다. 이건 뭐 좌석을 업그레이드해서 비지니스석을 타도 해결되지 않았다. 여전히 불편하고 속 안 좋기는 마찬가지인지라 가족들은 촌스럽게 비행기도 못 탄다며 놀린다.

　그렇게 뉴욕에서 시차 적응도 못한 채 며칠을 다녔다. 그 후 한국에 돌아와 계속 생각났던 것이 하나 있었는데, 바로 커피였다. 특히 나인스 스트릿 에스프레소Ninth Street Espresso의 라테. 첫 매장이 맨하튼의 알파벳시티Alphabet City 9가ninth st.에 문을 열어서 그런 이름이 됐다는데, 내가 처음 마셔 본 건 관광객들이 넘쳐나는 첼시 마켓Chelsea Market의 매장에서였다.

　어디선가 얼핏 듣기로 여기는 에스프레소가 기본으로

쓰리 샷이라고도 들었는데(슬쩍 만드는 과정을 봐서는 투 샷 같지만), 정말 그런 건지 워낙 원두 자체가 진해서인지 아무튼 정말 진한 에스프레소 베이스에 우유를 넣어 라테를 만들어 준다. 아주 진하면서도 살짝 초콜릿 향이 나는 나인스만의 독특한 라테 맛. 내가 너무나 좋아하는 맛이다. 아, 우유는 반드시 홀밀크whole milk(저지방 아닌 일반 지방 우유)여야 한다. 그전까진 커피 맛보다 우유 맛이 많이 나서 라테는 그다지 좋아하지 않던 내가 라테 맛에 눈을 뜨게 된 곳이랄까. 그래서 지금도 나한테 맛있는 라테의 기준은 '나인스 라테 같은가'가 되어 버렸다. 한국에서 정말 마음에 드는 라테를 마시면 "나인스 라테 맛이야!"라고 외친다. 물론 그 맛에 대한 취향은 지극히 개인적인 것이다.

지금도 나인스 카페에서 주문하면 그 맛의 라테가 나올지는 모르겠지만 내 혀끝에 맴도는 그 기억 속의 맛은 첫 뉴욕에 대한 향수를 불러일으킨다. 스물여덟, 혼자 어리바리하게 다녀와 조금은 무섭기도 했던 도시.

그렇게 나의 첫 뉴욕은 나인스 라테로 각인되어 있다.

시리얼이 사라졌다

유학을 가기 전에도, 가서 뉴욕에 살면서도, 특히 집을 보러 다닐 때 많이 하던 말 중 하나가 "맨해튼에 사는 사람들은 참 부자야."였다. 참 후져 보이는 집도 렌트비가 어마어마한데다 물가도 높으니 이곳에서 살기만 해도 부자인 것 같았다.

방학 중에 한국에 들어와서 만나는 사람들과 어쩌다 뉴욕 렌트비 얘기가 나오면 나는 얼마짜리 집에 사는지 질문을 받곤 했는데, 그때 얼마 정도 한다고 얘기하면 대부분 입이 떡 벌어졌다. 뉴욕에 잠시라도 머물러 본 사람들은 "맞아, 참 비싸지." 하고 고개를 끄덕이고 마는데, 뉴욕 집값에 대해 전혀 모르는 사람들은 "얼마라고요?" 하고 놀라 되묻기도 했다.

그러니 뉴욕에 사는 사람들은 다들 좋은 조건에 조금이라도 싼 곳으로 가려고 눈에 불을 켜고 알아보곤 한다.

하지만 웬만큼(!) 버는 연봉 수입자거나 집이 원래 잘 살아서 돈이 있는 경우가 아니면, 하나 더 보태서 학교에서 제공해 주는 기숙사에 사는 학생 아니면 맨해튼에서 쫓겨나다시피 외부로 튕겨져 나가곤 한다. 맨해튼 중에서도 변두리이거나 아예 맨해튼을 벗어나 브루클린Brooklyn, 퀸즈Queens, 더 멀리 뉴저지New Jersey로. 그렇다고 또 거기가 엄청 싼 것도 아니다. 대부분이 맨해튼 생활권 지역이라 덩달아 비싸다.

나 역시 비싼 집값에 고민이 많았던 사람이다. 어디서 어떻게 살아야 좋을까 고민해서 유학 중에 매년 이사한 여자다. 첫해엔 멋모르고 룸메이트와 이스트 빌리지East Village 쪽에서 살다가 2년 차엔 뉴저지의 큰 스튜디오(한국식 원룸), 3년 차엔 다시 맨해튼 어퍼 웨스트 사이드Upper West Side, 4년 차엔 남편과 함께 미드타운 웨스트Midtown West 지역에 집을 구해 살았다. 단순히 싼 곳만 좋은 것도 아니다. 나는 학교로 통학하기 교통이 좋은지, 쉽게 식료품을 구할 수 있는 큰 슈퍼가 있는지도 중요하게 따졌다. 아무리 1인용, 이후 남편과 살 땐 2인용으로만 식품과 물건을 구입한다 해도 차 없이 장 보는 것은 큰일이었으니까 말이다.

또 중요한 것은 아무래도 보안이었다. 혼자 지내는 여자이니 건물에 도어맨이 있으면 좋겠고, 온라인으로 물건 구입하는 일이 많으니 택배를 받아 줄 데스크가 있으면 좋겠고…. 이런 것들을 따지다 보니 갈 수 있는 곳이 한정적이긴 했다.

그리고 한 가지 더. 벌레 없이 깨끗한 곳인가. 뉴욕에 살면 집을 구할 때 유심히 살펴보아야 할 것 중 하나가 깨끗한 집인가이다. 워낙 오래된 건물이 많고, 도시 자체가 청결과는 좀 거리가 있는 편이라 집을 고를 때 잘 따져야 한다. 물론 지은 지 얼마 안 된 새 건물은 대부분 깨끗하다. 비싸서 문제지.

뉴욕에서 길을 걷다 보면 들쥐나 크고 작은 바퀴벌레 등 온갖 보고 싶지 않은 생물체와 맞닥뜨리게 된다. 이 글을 쓰는 중에도 그 징그러운 생김새들이 떠올라 심장이 두근거릴 정도이다. 정말이지 내가 뉴욕을 가기 전 인생에서 만난 모든 쥐와 바퀴벌레 수를 다 합쳐도 뉴욕에서 본 숫자에 못 미친다고 단언할 수 있다. 늦은 밤, 그래 봤자 보통 10시도 안 넘은 시각, 엔와이유NYU 밥스트Bobst 도서관에서 나와 워싱턴 스퀘어 파크Washington Square Park를 가로질러 지하철역으로 가다가 만난 대형 들쥐들. 물웅

덩이에 고개를 처박고 물을 마시다가 나랑 눈이 딱 마주치는 순간, 소리도 못 지르고 머리끝부터 발끝까지 쭈뼛 소름이 돋는 느낌을 아는지.

밤에는 큰 녀석들의 활동 시간일 뿐, 워싱턴 스퀘어 파크는 한낮에도 작은 쥐들이 왔다 갔다 하는 곳이다. 뭔가 눈앞에 샤샤샥 지나간 듯한데 눈이 따라잡기를 놓쳐서 잘못 봤나 하는 순간 아기 손바닥만큼 쪼그마한 쥐가 기다란 꼬리를 휘날리며 쌔앵 지나가는 일이 얼마나 많았던지. 그러니 부디 잔디밭에 그냥 털썩 앉지 말길. 뭐라도 깔고 앉길 진심으로 권한다. 온갖 생물체들의 배설물이 가득한 곳이다. 뉴욕 지하철은 아예 수많은 쥐들의 고향이자 '스윗홈'이고.

바퀴벌레는 말해 뭐하랴. 건물 곳곳은 물론 새벽녘 길 위에 아직 치우지 않아 쌓여 있는 검은색 쓰레기봉투들 사이로 비척비척 나오는 대형 바퀴벌레들. 아 정말 다시 생각하기도 싫다.

지하철 출입구 계단이나 아파트 건물 지하 등은 죽어 있는 바퀴벌레들을 만나는 곳이다. 이 녀석들은 꼭 뒤집혀 배를 드러낸 채 저승길로 간다. 보지 않으려 해도 그 징그러운 다리 한 가닥 한 가닥이 눈에 들어와 몸서리치며 도망치듯 지나가야 한다.

워낙 쓰레기를 막 버리는 곳이라 그런 걸까. 한국처럼 음식물을 분리수거하기는커녕 재활용품을 포함한 모든 쓰레기에 너무 관대한 곳. 그래서 더 쉽게 지저분해지고 악취도 심하다. 특히 여름철엔 쓰레기, 애완동물 배설물 등으로 길거리 공기에서도 불쾌한 냄새가 난다. 아파트에서 어쩜 그렇게 큰 개를 키우는지.

내가 이 꼭지에서 말하려는 얘기는 그야말로 뉴욕에 대한 환상을 (혹시 그런 것을 갖고 있다면) 박살내는 것들이다. 아무리 그래도 뉴욕은 환상의 도시이기에 충분하다고 주장할 사람도 많겠지만, 그런 이들은 뉴욕을 직접 경험하지 말고 그냥 환상으로 남기는 게 훨씬 나을지도 모른다. 매력적인 도시이긴 하지만 너무 더럽다. 정말 더럽다.

나 역시 벌레라면 아주 치가 떨리도록 당해 봤다. 2년 차에 살던 뉴저지의 스튜디오에서였다. 뉴저지가 포인트가 아니다. 내가 살던 저지시티Jersey City는 비록 주state가 달라지긴 했지만 뉴욕과 진배없는 곳이었다. 개발도 많이 되고, 다들 맨해튼으로 통학, 통근하는 사람들이 모인 곳으로 맨해튼 시내까지 패스PATH(맨해튼과 뉴저지를 오가던

지하철)를 타고 15분이면 도착하는 가까운 곳이다.

집은 스튜디오치고 정말 큰 곳이었다. 내 기억에 550 제곱피트(ft²)가 넘었으니, 대략 15평 정도 되는 공간이었다. 스튜디오지만 적당히 구획을 분리해서 쓸 수 있는 괜찮은 구조였는데, 아일랜드 식탁으로 부엌 공간이 구분되고, 문이 달려 있던 드레스 룸과 그 안으로 화장실이 있었다. 책장을 세워 적당히 침대 놓는 공간도 구별할 수 있었고.

이전에 친언니가 살아서 방문해 본 아파트라 주변도 익숙했다. 어디에 큰 슈퍼가 있는지, 약국이 있는지도 알고, 아파트 세탁실 이용과 우편물을 어떻게 표시하는지도 전에 본 적이 있어 낯설지 않았다.

그만한 크기에, 그런 가격에, 그 정도로 익숙한 동네이니 다 좋았는데, 문제는 벌레였다. 오래된 그 아파트 건물은 사실 쥐와 벌레가 나오기로 유명한 곳. 어느 집이 걸리느냐가 문제였다. 예전에 언니가 살던 집에서는 한 번도 벌레가 나온 적이 없었으니 나도 그런 집을 고르면 되는 거였다.

그러나 아뿔싸. 내가 고른 집은 그런 집이 아니었다. 샅샅이 살펴보니 벽에 작은 구멍이나 금이 가 있는 곳이 제법 있었다. 이미 집은 1년 계약을 했고, 적어도 가을 학기는 그 집에서 살아야만 했다. 이후 돌아온 봄 학기에는 지도 교수의 배려로 한국에서 결혼하고 한국과 뉴욕을 왔다 갔다 하며 지내기로 되어 있었다. 새집을 찾는 게 쉬운 것도 아니고, 벌레와 살 수는 없고, 한국처럼 벌레 박멸 업체 같은 걸 못 찾았으니 해결 방법은 하나였다. 아파트 어느 곳에 벌레가 있건 내 집에만 없으면 되니, 할 수 있는 한 모든 틈새를 다 막는 것이다. 홈디포 Home Depot(미국의 대형 체인 철물점)에서 실리콘 튜브를 사와서 부엌부터 화장실까지 모든 벽의 구멍과 금을 메웠다. 싱크대 위까지 올라가서 벽과 천장 사이의 금도 모두 메웠다. 적어도 내 눈이 머물고 내 손이 닿는 곳은 전부 다 메웠다.

복도에서 들어오는 벌레가 있을까 싶어 현관 주위엔 주기적으로 벌레 박멸 스프레이를 뿌리고, 온 집을 늘 깨끗한 상태로 유지했다. 먹다 남은 음식이나 간식도 언제나 밀봉 상태로 보관했고.

결과는 제법 성공적이었다. 내가 모르는 틈이 있는지 아예 없어지진 않았지만 한 달에 한두 번 보일까 말까 했으니까. 물론 그 한두 번 보일 때마다 소리를 지르고 경악하며 청소하는 유난법석을 떨었지만.

그나마 집에 쥐가 없으니 다행이었다. 하도 쥐가 많은 도시인데다 아파트 주위에서도 자주 보이니 집 안에 없는 것만도 감사했다.

그런데 어느 날. 워낙 늘 쓸고 닦고 청결히 유지하던 집이라 뭔가 조금만 달라져도 알 수 있었는데, 가스레인지 주변에 '흑미' 네 톨이 보였다. 정말 딱 흑미 모양과 크기의 그 무엇. 직감적으로 알 수 있었다. 쥐똥이구나. 크기가 워낙 작아 큰 들쥐는 아닌 작은 쥐의 배설물로 보였다.

기가 막혔지만 차분히, 아니 실은 전혀 안 차분했고 주변 사람들에게 이거 어쩌냐고 난리를 치면서, 쥐똥을 살폈다. 내가 착각하는 것일 수도 있다고. 정말 흑미나 그 비슷한 것일 수도 있다고. 사실 그때 흑미를 먹지도 않았으면서. 일회용 젓가락으로 집어 옮겨 살짝 짓눌러 보았다. 맙소사! 바스스 부스러진다. 이건 그 배설물이 확실했다.

그래도 내가 사는 집에 쥐가 나타났다는 걸 믿고 싶지 않아서 한 번만 더 확인해 보고 싶었다. 자기 전에 가스레인지 옆 싱크대 위에 시리얼 한 알을 올려 두었다. 정말 쥐가 있다면, 여기가 그 녀석의 동선이라면 없어지겠지 하고. 혹시나 찍찍거리는 소리라도 들리면 어쩌나 싶어 귀의 모든 신경이 온통 부엌으로 쏠렸다. 잠을 잔 건지 뭔지 아침에 일어나자마자 부엌으로 달려갔다. 밤새 이불 속에서 전전긍긍 하다가도 신기하게 해가 들어오는 낮에는 좀 더 용기가 생겨 살펴볼 마음이 들었다. 다행히 그대로였다. 그 안심되는 마음이란. 그렇게 하루 이틀을 보냈던 것 같다. 시리얼은 그대로였다.

그래도 그냥 둘 순 없어 아파트 수퍼supervisor(일반적인 건물 관리인을 부르는 말인데 보통 수퍼라고 부른다)에게 얘기해서 구멍을 메워 달라 했는데 그날이 금요일쯤이었나 보다. 수퍼가 일찍 퇴근했으니 월요일에 해 주겠다 했다. 주말을 불청객과 함께 보내라니. 그저 무사히 주말이 지나기만 바랐다.

내가 뭘 더 할 수 있을까 싶어 가능하면 잊고 지내려 했고 학교에 다녀오거나, 친구를 만나러 나간 것 같다. 정확히 기억나지 않지만 어쨌든 외출을 했다. 그리고 집에 돌아와 여느 때처럼 집 안의 불을 켰다. 그런데 그 쌔한 느낌이란. 뭔가 목덜미를 횡하게 스쳐 지나가는 느낌. 얼른 부엌 불을 켰다.

없어졌다.

시리얼이 사라졌다.

소리를 지르고 난리가 났다. 가까운 친구들에게 전화하고 어떻게 하냐고 소란을 피웠던 것도 같다. 지금은 남편이 된 당시 남자 친구에게도 연락을 했다. "나 무섭단말이다." 그 쥐 입장에서야 자기보다 몇 백 배는 더 큰 내가 훨씬 더 무섭겠지만. 가족이나 룸메이트도 없이 온전히 나 혼자 처리해야 하는 상황이 너무 싫었다. 내가 어쩌다 이 먼 곳에 와서 이런 일을 겪는단 말인가. 별별

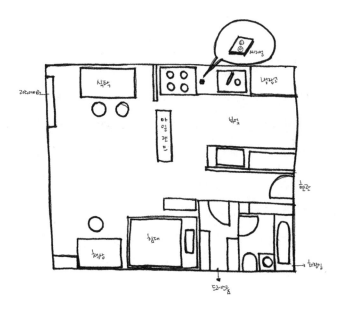

1장·혼자 있던 시간이 준 선물

생각이 다 들었다. 아무리 쥐가 나타났다한들 수퍼가 와서 해결해 줄 테니 그전까지만 다시 오지 마라 생각했다. 시리얼은 내가 칠 수 있는 마지막 방패였다. 그런 시리얼이 사라졌으니 마음이 얼마나 얇아졌을지 상상이나 할 수 있을까.

쥐구멍을 찾기 시작했다. 내가 이동시킬 수 없는 붙박이 가스오븐레인지 뒤편 공간에 분명 무언가가 있었다. "작지만 나도 구멍이오." 하는 그 무언가. 어디 피신이라도 가 있고 싶었지만 또 나 없는 새 집이 무슨 꼴이 될까 싶어 가지도 못했다. 응급처치로 동네 슈퍼에 나가 끈끈이 쥐덫을 싱크대 주변에 설치했다. 수퍼가 오기 전에 나타나서 온 집 안을 누비고 다니기 전에 잡아야 할 것 같았다. 사실 거기 걸려도 문제였다. 그걸 어떻게 치운단 말인가. 미국에서 오래 지낸 친구에게 거기 붙어 꼼짝 못하고 소리만 내고 있는 쥐를 치우는 게 더 끔찍했다는 얘기를 듣고 진저리치게 싫었다. 좀 더 도심에서 떨어진 곳이나 시골스러운 곳에 살아 본 경험이 있는 지인들은 연례행사처럼 냄비에 쥐를 잡았다고 했다.

결과를 먼저 얘기하자면, 다행히 쥐의 몰골을 본 적 없이 무사히 쥐구멍을 막아 그 이후 쥐 배설물도 더 본 적이 없다. 이제 우리 집으로 통하는 곳이 막혔는지 더 이상 나타나지 않았다.

지금이야 "나 쥐 나오는 집에도 살아 봤어.", "나 뉴욕 가서 편하게 지내기만 한 거 아냐."라고 할 만한 얘깃거리가 되었지만, 그땐 정말 끔찍했다. 한동안 디즈니 애니메이션 신데렐라가 제일 싫어하는 만화였을 정도로. 그 만화를 보면 신데렐라는 집에 사는 쥐들과 좋은 친구로 지내는데 이렇게 말도 안 되는 거짓 내용이 있을 수 있나 하고 가증스럽게 여겨졌다. 그 다음 해 한국에서 돌아왔을 때 집 렌트 계약 기간 만료 전 다른 사람이 계약하겠다 해서 얼른 넘겨주고 '쥐와 벌레 없는 것'을 1순위로 다시 집을 찾아다녔다.

요즘 내가 사는 서울에서는 쥐가 잘 보이지 않지만 대형 바퀴벌레는 의외로 가끔씩 보인다. 실제로 대형 바퀴벌레인지 그와 비슷한 생김새의 "water bug"라고 부르는 벌레인지 확실치는 않지만. 아 물론 집에서 보이는 건 아니다. 예전에는 안 보이던 녀석인데 다들 배 타고 먼 나라에서 같이 들어온 건가 싶다. 후미진 건물이나 풀밭(!)에서 어쩌다 보이면 소스라치게 놀라곤 하는데 정말 적응되지 않는 외모다. 어디서 가끔 인류의 식량 부족 문제로 곤충이나 벌레가 주요 식자재가 될지도 모른다는 소리를 들을 때면 자꾸 뉴욕에서 우리 집에 오던 그 녀석들 생각이 나서 진심으로 한숨만 나온다.

허리케인 샌디

글을 쓰고 있는 지금으로부터 며칠 전 갑자기 우박이 내렸다. 처음에는 소나기처럼 쏴아아 내리던 비였는데 조금 지나고 보니 작은 알갱이가 후드득 떨어졌다. 오랜만에 보는 우박이었다. 4월이라 이제 봄기운이 완연한데 우박이라니. 저 위의 공기는 훨씬 더 차가웠나 보다.

생각해 보면 자연재해만큼 무서운 것도 없다. 사람의 잘못으로 벌어지는 재해도 그렇지만 자연의 힘은 사람이 그 앞에서 정말 어찌할 바 없이 무력하게 만들어 버리니까. 비가 억수로 오면 어디가 잠길까, 바람이 엄청 불면 뭐라도 날아갈까 걱정하고. 나는 천둥소리를 좀 무서워하는 편이다. 하늘에서 그런 우르릉 쾅쾅 소리가 나면 그 소리의 위엄에 눌린다.

박사 3년 차이던 해에는 봄까지 눈이 많이 왔는데 하

도 많이 와서 수업이 취소된 적도 몇 번 있었다. 한국이라면 그 정도 눈에 눈 하나 깜짝 안 할 것도 같지만, '이 눈을 뚫고 어떻게 나가지….' 하고 걱정될 만큼 눈이 많이 오면 잠시 후 어김없이 그날 수업을 취소한다는 이메일이 오곤 했다.

내 유학 시절, 최악의 자연재해는 홍수였다. 이제는 무용담이 된 이야기지만 당시에는 조금 무서웠던 기억, 허리케인 샌디Sandy.

처음 유학을 시작한 2011년, 학기가 시작하기 직전인 8월 말에 뉴욕으로 거대한 허리케인이 올라오고 있다는 뉴스가 있었다. 뉴욕은 위치상 세력이 큰 허리케인이 오는 지역은 아닌데 예외적으로 제법 센 허리케인이 올라오고 있다는 소식이었다. 아이린Irene이라는 예쁘장한 이름이었다.

그 당시 나는 맨해튼 동쪽 끝에 위치한 아파트 5층에 집을 마련했는데, 같은 학교에서 석사를 시작하게 된 엄마 친구 딸인 룸메이트가 아직 한국에서 오지 않아 잠시 혼자 지내던 때였다. 뉴욕도 낯선데, 허리케인이라니. 당시 뉴스는 꽤 호들갑스럽게, 큰 허리케인이 오니 침수 가능 지역의 주민들은 대피하라고 경고했다. 비록 내가 살던 집은 5층이지만 아파트 건물 자체가 이스트리버_{East River} 바로 옆에 위치해 있어 현관 층은 강물이 충분히 범람할 가능성이 있었고, 지역 자체가 침수 가능 지역으로 분류되다 보니 조금 긴장되기도 했다.

그때 마침 또 다른 엄마 친구 한 분이 뉴욕에 사는 딸집을 방문 중이셨는데, 엄마랑 워낙 친한 분이시다 보니 나도 잘 아는 분이었고, 그 딸도 내가 어릴 때부터 늘 얘기를 듣던, 그리고 어릴 땐 같이 여행도 갔던 언니인지라 그 집에 하루 가 있기로 했다. 다행히 그 언니네 집은 침수와는 거리가 먼 어퍼웨스트 지역에 있었다. 참고로 말하자면, 대체적으로 맨해튼은 북쪽이 지대가 높고 아래쪽이 지대가 낮다.

아무리 엄마 친구와 아는 언니라지만 자주 보던 사이도 아니고, 언니는 초등학교 시절부터 미국에서 거주하며 교육을 받고 그곳에서 미국인과 결혼해 아이를 둘(지금은 셋) 낳고 사는 '현지인'인지라 어찌나 어색했던지. 아마 내가 유학을 막 시작한 초기라서 더 그랬던 것 같다. 모든 것이 전부 낯선데, 내 집도 아닌 곳에 짐 싸 들고 와서 얹혀 지내야 했으니.

이미 지하철을 타고 이동하는 중에 많이 오기 시작했

던 비는 밤새 세차게 내렸고, 바람도 참 많이 불었다. 그
날은 그냥 그 언니네 집에서 저녁 먹고 이런저런 얘기를
하며 밤을 보냈다.

　다음 날 허리케인이 지나갔다는 뉴스를 확인하고 창밖
을 보니 비는 그치고 바람도 잦아들어 있었다. 하루 종일
집에만 있어 심심해하던 네 살배기 그 집 아이와 근처 센
트럴파크를 나가 보니 여기저기 나무가 쓰러져 있었다.
이것저것 물건들이 바람에 많이 날아가 있고 나뭇가지들
이 엉망으로 흐트러져 있긴 했지만, 생각보다 심한 피해
가 있어 보이진 않았다. 허리케인도 물러갔겠다, 집 상태
도 궁금하고, 남의 집에 더 신세지기 어색했던 나는 그날
얼른 내 집으로 돌아왔다. 감사하게도 집은 멀쩡했다. 창
문 틈새로 비가 조금 새어 들어와 새로 산 러그가 젖었던
것만 빼고.

　그때 느꼈던 건 '미국 사람들이 작은 것에 호들갑이구
나.'였다. 일기예보로 너무 엄살을 피워 더 유난스레 준
비하게 한 느낌이랄까. 물론 그 당시에 저지대는 침수 피
해를 입어 복구 작업을 해야 했지만, 아이린이 오기 전,
거대 허리케인이 도시를 삼킬 수 있으니 대비해야 한다
는 경고에 비하면 비바람은 그냥 '시시하게' 지나갔다.

뉴저지와 뉴욕 부근으로 오면서 그 세력이 급격히 줄어든 덕이었다.

그해 겨울엔 눈도 예년에 비해 적게 와서 뉴욕다운 느낌도 적었다. 친언니가 2009년과 2010년에 걸쳐 뉴욕에서 지내던 겨울에 언니 집을 방문한 적이 있는데 그때는 눈이 하도 많이 와서 집 밖으로 아예 나가지 못한 날도 있었고 백화점을 비롯한 상점들이 일찍 문을 닫기도 했었는데 말이다. 뉴욕의 겨울은 그런 줄만 알았는데 유학 첫해에 워낙 포근한 겨울을 맞아 실망했다고나 할까.

그렇게 뉴욕의 날씨는 소문으로 듣던 만큼 '강력'하지 않아 그다지 신경 쓰지 않고 살았다. 뉴스의 일기예보는 그저 엄살인 경우가 많았고, 실제로는 조금 싱겁게 지나가곤 했다.

그러다 2012년, 또 다시 허리케인 예보가 들려왔다. 여름도 아니고 10월 말에 무슨 허리케인이람. 일요일 밤부터 뉴욕은 그 영향권에 들어갈 거라 했고, 그날 교회를 마치고 친구와 베이글을 사 먹으며 들어가는 길에 혹시 모르니 생수나 좀 사가야겠다 했던 게 너무나 생생히 기억난다. 8번가와 23가 근처의 머레이베이글Murray's Bagel이었다. 먹고 남은 베이글 샌드위치도 비상식량으로 챙겨 가

자며 여유로운 마음으로 집으로 돌아왔다. 이미 오후부터 바람은 많이 불었지만 허리케인이 다 그렇지 싶어 많이 신경 쓰지도 않았다. 나뿐만 아니라 다른 사람들도 그런 듯했다. 아이린으로 호들갑 떨던 한 해 전과는 달랐다.

허리케인 이름은 샌디였다. 뉴욕으로 올라오기 전 샌디가 지나간 아래쪽 주들은 이미 피해가 상당했다. 아이린에 비해 좀 더 위력이 센 허리케인이지만 뉴욕으로 올라오는 중에 또 힘이 약해지겠지 싶었다. 그래도 저녁이 되니 점점 비가 많이 와서 다음날 수업을 어떻게 할까 고민이 되긴 했다.

나는 당시 3학기째였고, 일반적인 수업 외에 교수와 일대일로 진행하는 인디펜던트 스터디independent study(일종의 개인별 맞춤형 수업으로, 학생에게 필요한 주제에 따라 교과 내용과 일정을 정한다) 두 개를 수강 중이었다. 내 기억에 월요일은 근대일본문화와 문학 인디펜던트 스터디가 있었는데, 저녁에 비가 오는 걸 보고 걱정할 무렵 교수에게 이메일이 도착했다. 비가 오는 모양새를 보니 다음 날 어떻게 될지 몰라 일단 수업을 취소하는 게 좋겠다고. 사실 그 시간에 수업 취소 연락이 온다고 좋아할 것도 없었다. 이미 매주 보내야 하는 과제는 이메일로 보낸 상태였고, 난 그 다음 주 수업을 위한 리딩을 시작해야 했으니까. 화요일에는 다른 교수와 인디펜던트 스터디가 있었는데 그때까지만 해도 그 과목 교수가 "내일 다시 연락하자."며 수업을 취소하지 않아 그냥 대기 상태였다.

시간이 지날수록 비는 점점 더 많이 왔다. 그때 나는 첫해에 살던 맨해튼 동쪽 집에서 이사를 하고 뉴저지의 스튜디오에서 혼자 살고 있었다. 예전에 언니가 살던 아파트라서 익숙하게 집을 알아보고 구했던 곳이다. 이미 제법 싸늘해진 10월 말이라 나는 침대 위에 한국에서 보내 준 온수 매트를 깔고 지내고 있었다. 그나마 수업이 취소됐으니 다음 날 집에서 뒹굴며 허리케인이 지나가는 뉴스나 봐야겠다고 따끈한 매트 위에서 창밖 상황을 지켜보고 있었다.

그런데 비바람이 무척 거셌다. 확실히 아이린 때와는 다른 느낌이었다. 이렇게 비가 많이 와도 되나 싶도록. 창밖을 바라보는데 길 건너편 주차장 건물에서 사이렌이 시끄럽게 울려 댔다. 째앵쨍 소리를 내며 불빛이 번쩍거리고 난리였다. 바람이 워낙 심해 가로수도 다 꺾일 기세였다. 내가 살던 집은 11층이니 집으로 물이 넘칠 염려는 없었지만 비가 정말 억수같이 쏟아지고 세차게 창문을 두들겨 댔다.

동쪽으로 창이 난 우리 집은 창문 밖으로 아파트 주차장이 보이고 그 너머로 같은 아파트 다른 동이 하나 더 있었다. 길 건너편 주차장과 아파트 건물 사이로는 제법 큰 길인 크리스토퍼 콜럼버스 드라이브Christopher Columbus Dr 라는 길이 나 있었는데, 그 길을 따라 동쪽으로 10분쯤 걸어가면 맨해튼과 맞닿은 허드슨 강Hudson River이다. 워낙 비바람이 거세게 몰아치니 창밖 시야가 제한됐지만 잠시 후 무서운 장면이 눈앞에 펼쳐졌다. 저 멀리에서부터 시커먼 물이 크리스토퍼 길을 따라 슬금슬금 몰려오는 게 아닌가. 지금 생각해 봐도 굉장히 빠른 속도였다. 그 물은 아파트 주차장까지 점점 차오르는데, 마치 주차장이 거대한 욕조인 양 아래에서부터 물이 올라오기 시작했다.

설마 주차장이 물바다가 될 거라고는 생각하지 못하고 대부분의 주민들이 차를 옮기지 않은 상태였다. 올라 찬 물 때문에 차가 두둥실 떠올랐다. 그걸 고스란히 지켜보던 나는 진심으로 경악했고. 차가 떠오르며 움직이다 다른 차와 부딪히면서 온갖 경보음이 울리고 그 일대가 아수라장이 됐다. 비슷한 시간에 길 건너 주차장 건물의 불과 가로등이 일제히 꺼져 버렸다. 더 이상 바깥 풍경은 잘 보이지 않았는데, 비가 좀 잦아들면서 더 이상 물이 높게 올라오지는 않았다.

그러나 안심하기엔 상황이 썩 좋지 않았다. 잠시 후 내가 살던 아파트도 정전이 됐으니까. 탁 하며 집 안의 모든 전기가 나가자, 붙들 건 핸드폰뿐이었다. 바깥과 소통할 방법은 그것밖에 없었다. 그렇다고 마냥 쓸 수만도 없었던 게 충전이 불가능했기 때문이다. 그냥 한국의 가족들에게 난 무사한데 정전이 됐으니 할 수 있는 게 없어 일찍 자겠다고 문자를 보내고, 불 꺼진 바깥 풍경 사진을 찍어 페이스북에 올린 후 잠을 청했다.

바깥에 홍수가 난 상황에서, 가족들과 이역만리 떨어져 혼자 사는 여자가 할 수 있는 건 그게 전부였다. 금방 잠이 오진 않았지만, 아직 온수 매트의 열기가 남아 있는 이불 속에서 나름 충분히 자고 일어나니 여전히 아파트는 정전 상태였다. 창밖을 내다보니 다행히 물은 빠져 있었지만, 수마가 남기고 간 자국이 엉망으로 남아 있었다.

여기저기 아는 사람들에게 무사한지 연락을 취해 보고, 언제 전기가 들어올지 모르는 상황이라 어떡하나 고민하다가 맨해튼 아래쪽에서 유일하게 피해를 입지 않은 지역에 살고 있던 아는 사람 집에 가 있기로 했다. 샌디가 휩쓸고 간 직후라 오히려 교통 통제도 제대로 되지 않은 덕에 쉽게 한인 택시를 불러 맨해튼으로 넘어갈 수 있었다. 그 이후 내가 통과했던 홀란드 터널은 한동안 뉴욕−뉴저지 간의 유일한 통로가 되어 엄청난 교통 체증에 시달렸다.

샌디의 위력은 어마어마했다. 맨해튼 남쪽 지대는 지하 주차장을 비롯해 지하철역이 수해를 입어 몇 주, 몇 달간 복구 작업을 해야 했다. 내가 통학에 이용하던 패스 역시 일부 피해를 입어 평소 24시간 운행하던 것이 저녁 9시까지로 제한해서 운행하고 그 횟수도 줄었다. 아예 운행이 정지된 역도 있었다.

내가 살던 아파트는 온전히 전기가 복구되기까지 한 달 이상 걸렸는데, 그러기까지 희한하게도 집의 반은 전기가 들어오고 반은 안 들어오는 상태로 지내야 했다. 그래도 전기가 반만이라도 들어온 게 어딘가. 감사한 일이었다. 노트북과 핸드폰을 사용할 수 있고, 온수 매트와 전기 온열기를 켤 수 있었으니까.

10월 말에 샌디가 닥친 후 겨울이 시작되어 눈보라가 몰아친 적도 있었는데, 온수와 히터 가동이 늦어져서 몇 주를 춥게 지내야 했다. 특히 뜨거운 물을 끓여 모아 씻느라 여간 불편한 게 아니었다. 가스가 끊기지 않은 것만도 감사한 일이었지만. 거기에 엘리베이터 수리 때문에 한동안 11층 높이를 걸어서 오르락내리락해야 했던 건 덤이었다. 물난리를 겪었으니 생수를 사 마셔야 해서 생수를 들고 중간중간 쉬며 올라가야 했다.

고작 몇 주이긴 했지만 학교 다니는 건 어찌나 고달팠는지. 수해를 입어 문을 닫아야 했던 엔와이유는 다행히 일주일 후 최소 부분을 복구하고 문을 열었지만 한동안 전기 복구, 청소 등으로 인부들이 고생해야 했다. 나 역시 일주일간 모든 수업이 취소됐고, 그 후 일대일 수업 선생님들과 만날 때마다 안부를 물으며 서로의 근황을 확인했다. 수해 복구 기간 중 띄엄띄엄 다니는 패스를 놓치지 않기 위해 뛰어다니고, 몇 주간은 큰맘 먹고 물을 사 날라야 했다.

처음 며칠은 은행에 가지 못한 사람들이 마트에서 캐시백cash back(현금카드로 물건을 계산할 때 현금을 추가로 인출해서 받을 수 있는 서비스)으로 현금을 확보하려 해서 1인당 $20으로 제한한다는 안내문이 붙고, 집 안에 전기가 복구되지 않은 사람들이 여기저기 상품을 적재하는

선반에 달라붙어 핸드폰을 충전하는 진풍경이 펼쳐지기
도 했다. 집이 뜻하지 않게 수해를 입어서인가 그 사람들
의 눈빛이 어둡고 공격적으로 느껴져 무섭게 보이기도
했다.

이 모든 것은 이제야 추억이 되었다. 나중에 신문을 통
해 샌디 때 수해를 입은 한 가게가 벽에 남은 물 자국을
그대로 인테리어에 활용하고 있다는 소식을 듣기도 하며
'그땐 그랬지.' 하고 추억하게 된 몇 해 전 이야기. 혼자
이던 시절이라 조금 불편해도 가뿐하게 그 시간을 보낸
게 아니었을까. 지금처럼 아이가 있었다면 더 춥고 고생
스럽다 느꼈을 것 같다.

창문의 공격

우리 엄마는 서울 사람이다. 서울에서 태어나고 자라셨다. 교동초등학교 출신이라 우스갯소리로 '사대문 안' 학교를 다닌 양반이라는 얘기도 들었다.

그런 엄마가 대학에서 만나 결혼한 우리 아부지는 부산 출신이시다. 본적은 경남 거창이오, 자란 곳은 부산이라 그냥 부산 사람이라 일컫는다. 덕분에 아부지는 그야말로 그냥 경상도 남자. 입맛도, 말투도, 사고방식도 '경상경상'하다.

전형적인 서울 여자와 전형적인 경상도 남자가 만났으니 얼마나 많이 부딪쳤을까 싶다. 처음 결혼하고서는 먹는 것이 너무 달라 이상했다 하신다. 서로가 말이다. 요즘에야 그런 지역 차를 느낄 것도 없이 음식이 많이 섞였지만, 그럼에도 지역 음식이라는 건 아직도 존재하니 예전엔 더했겠지 하고 이해가 간다.

이를테면 오이 하나를 먹어도 다르다. 서울 출신 엄마는 외할머니가 해 주신, 오이를 얇게 저며 소금에 절인 후 물기를 꼭 짜서 참기름에 볶아 먹는 '오이나물'을 먹고 자랐는데, 경상도 출신 아부지가 볼 때 그건 신선한 오이를 짜서 그것도 기름에 볶아 먹는 너무나 요상한 음식이었던 셈이다. 이걸 어찌 먹으라고 내놓은 반찬이냐는 것. 그에 반해 엄마는 경상도 시댁에서 오이를 벌겋게 고추장에 생으로 무쳐서 먹는 걸 배워서 친정에 선보이니, 우리 외할머니는 '쌍스럽게' 음식이 이렇게 벌겋다니 하고 경악하셨단다. 하도 먹는 취향이 달라 어떻게 맞춰 나가셨는지 모르겠지만, 난 외가 쪽도 친가 쪽도 다 보고 자라서 그 얘기를 듣고 너무 공감하며 웃었다. 그냥 서로 어떻게 반응했을지 눈에 딱 보인다.

뭐 음식만 그랬겠는가. 말은 또 얼마나 다른지. 억센 경상도 사투리를 듣다 보면, 억양만이 아니라 단어도 차이가 많이 남을 알 수 있다. 그래도 난 친가가 경상도니 늘 그 말투를 들으며 자라 왔고, 부산에 몇 년 살며 나 스스로도 사투리를 쓰기도 해서 그냥 익숙하다. 부산과 울산과 대구 등 경상도 사투리도 각 지역마다의 차이를 흉내는 못 내도 느끼기는 한다.

그렇게 경상도에만 익숙하던 내가 만나 결혼한 남자는 전라도에서 태어난 남자다. 시아버지는 충청도 출신이시지만, 시어머니는 전라도 군산 출신이다. 남편이 어릴 때 시아버지께서 이곳저곳 전근을 많이 다니신 덕에 여러 도시에서 살았다는데, 결국은 이래저래 어머님의 영향을 많이 받은 듯하다. 입맛도, 말투도.

처음 결혼해서 시어머님의 전라도 말투가 어찌나 신기했던지. 평소에는 거의 서울 말투를 쓰시지만, 뭔가 말씀 중에 전라도 억양이 배어난다. 어머님도 고등학생 때까진 군산에 계셨다니 당연한 것이겠지만. 어머님 덕분에 결혼 후 새로운 음식도 많이 먹어 보고 배웠다. 그러고 보면 난 대학 때 답사로 전라도에 가기 전까지 전라도 쪽을 가 본 적도 없었다. 가족들과 여행을 가도 늘 경상도나 강원도 쪽이었다. 왜 전라도는 한 번도 안 가 봤을까.

가끔은 시어머님의 말투뿐만 아니라 단어도 생소할 때가 있다. 보통은 의사소통에 문제가 있는 게 아니니 신경도 안 쓰이고 의식도 못하지만 가끔 "어머님, 그게 뭐예요?"라고 물을 때도 있다. 아무래도 군산이 예전에 일본 영향을 많이 받은 지역이라 일본어도 교묘히 섞여 있는 듯하다. 예를 들어, 명절에 친정 엄마가 챙겨 주신 전통 과자를 가져다 드리니 "오꼬시구나." 하셨다. "이게 이름이 오꼬시예요?" 여쭤 보니, "글쎄 정확한 이름이라 기보단 우리 동네에선 이런 과자를 오꼬시라고 불렀어." 하셨다. 내 생각엔 일본어로 과자를 "오까시"라고 하니 아마도 거기에서 변형된 게 아닐까 짐작해 본다. 뭐 내가 일어를 잘 아는 것도 아니고, 그냥 그렇지 않을까 하는 추측이다. 혹은 그냥 어머님 주변에서만 저렇게 부른 걸 지도 모르고.

그런 것 말고도 결혼하고 처음 들어 본 것도 있다. '어 린양'. 무슨 성경에 나오는 희생 제물로서의 어린 양 같 지만, 이건 어리광을 전라도에서 쓰는 말이란다. 우리 딸 이 어머님 댁에서 애교를 피우거나 떼쓰거나 할 때 "아 이고 애 어린양 하는 것 봐라." 하신다. 또 처음 들은 말 은 '말짓'. "애 말짓하는 거 봐." 하시는데, 이건 '말아야 할 짓', '맞을 짓'이 그렇게 바뀐 말이라고 주변에서 알려 줬다. 물론 전라도 말이 아닌 그냥 어머님 집에서 쓰는 말일 수도 있지만, 주위에 전라도 집안 남자랑 결혼한 몇 몇 지인들이 나와 공감해 준 걸 보면 터무니없는 추측은 아닌 것 같다.

이 이야기를 하는 건 지역감정 조장도 아니오, 어디를 폄하하는 것도 아닌 그냥 차이를 말 하는 것뿐이다. 이렇게 작은 나라의 말도 조금씩 달라 모르는 게 있는데 영어는 어땠겠느냐 한탄하기 위한 긴 서두랄까.

일상에서도 친구들이 하는 말에 처음 듣는 단어가 수두룩하고, 책을 읽을 때 모르는 단어를 일일이 찾을 수도 없어서 그냥 적당히 건너뛴다. 그냥 모르는 단어는 모르는 말일 뿐이다. 처음엔 답답했는데, 나중엔 그게 일상이 되니 그러려니 하고 넘어가게 됐다. 영어가 익숙한 환경에서 자란 것도 아니고, 언어가 '쫙쫙' 흡수되는 나이도 아니고, 영문학이 전공도 아니고, 영어권에서 계속 살 생각이 있었던 것도 아니니 그냥 영어는 남의 나라 말로 머물게 됐다. '적당히 학교 다니고, 사는 데 지장 없는 정도로만 하면 되지.' 하고. 물론 학교에서 수업 듣고 페이퍼를 쓰는 데 많은 지장이 있었으니 문제가 없진 않았지만.

사실 수업 중에 반복하여 등장하지만 사전에는 나오지 않는, 학계에서만 쓰이는 말도 있다. 그런 건 내가 '적극적으로' 배워야 하는 말이니 열외로 친다 해도 가끔 아주 쉬운 단어인데 내가 모르던 다른 뜻으로 쓰는 말이 나올 땐 정말 유학 출신의 한계를 느끼게 된다고 할까.

한번은 이런 적이 있다. 같은 과의 학교 선배 J언니가 겪은 일화다. J언니와 나는 우리가 "박사방"이라고 부르는 작은 방에 있었다. "박사방"이라고는 하지만 책상이 딱 세 개, 컴퓨터도 세 개뿐인 작은 공간이라 주로 수업 전후, 도서관에 가서 공부하기에 애매한 시간을 때우러 가는 곳이다. TA(teaching assistant)나 RA(research assistant), tutor 같은 조교 일을 할 때 학생들과 약속 장소로 쓰기도 하고. 내가 그때 무슨 일로 갔는지는 기억나지 않지만 아무튼 거기에 있었고, J언니는 언니의 지도 교수인 R과 약속이 있어 그 전에 들렀다며 와 있었다.

"약속이 어디야? 자기 방으로 오래?"

"아니, 우리 며칠 전에 대학원생 워크샵한 방 있잖아, 거기서 보자 하더라."

"왜?"

"모르겠어. 끝나고 어디 가려는 건지."

R의 교수 연구실은 우리 학과 건물이 아닌 역사학과 건물에 있어서 조금 떨어져 있기에 그냥 그런가 보다 했고, 언니는 약속 시간에 맞춰 나갔다.

그리고 잠시 후 약속에서 돌아온 언니. 얼굴이 벌개져서 왔다.

두 도시의 산책자

"야, 나 완전 망신당하고 왔어."

"왜, 무슨 일 있었어?"

그리고 시작된 '영어 고자'들의 이야기.

언니는 R과의 약속을 이메일로 잡았다. 대부분 교수들과 이메일로 소통을 한다. 핸드폰 번호를 알려 주기도 하지만 수업 중이거나 다른 일 때문에 핸드폰으로 연락하기 어려울 수 있으니 이메일로 하는 게 보통이다. 그리고 사실 엄청나게 중요한 내용이 아니고서야 이메일 내용은 한 번 훅 훑어보기 마련이지 않나. 이건 영어든 한국어든 마찬가지라 생각한다.

R에게서 약속 시간과 장소에 대한 이메일이 왔는데, J 언니에게는 그 중 '1시 – 1시 반'이라는 것과 'window'란 글자가 보였다. 마침 바로 전 주 금요일에 우리 과에서 일 년에 한 번 하는 대학원생 워크숍을 했는데 그 방은 창문이 많은 큰 방이었다. 왜 그랬는지 모르겠지만 J언니 머리 속에 그 방이 떠올랐고, R이 그 방을 말한다고 생각

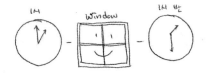

해서 그리로 가서 기다리고 있었다. 몇 분이 지나도 교수님이 오지 않자 이상했던 언니. R은 약속 시간에 1분도 늦을 사람이 아니다. J언니가 이상하다 생각하는 중에 R에게서 전화가 왔다.

"너 어딘데 안 와?"

"나 여기 501호에 있는데…"

"(오만 짜증이 섞인 목소리로) 왜 거기 있어? 빨리 내 방으로 와!"

그리고 부리나케 역사학과 건물까지 뛰어간 J언니. 참고로 우리 과 건물에서 역사학과까지 가려면 찻길을 세 개 건너고 워싱턴 스퀘어 파크의 동쪽 반을 대각선으로 가로질러 가야 한다.

교수 R에 대해 설명하자면, 뉴욕 출신의 엄청나게 깐깐한 유태인 여자이다. 자기 관리 철저히 하면서 남에게 피해를 주는 것도 받는 것도 엄청 싫어하는. 자기 학생이라면 엄청 챙기지만 그만큼 기대치도 높아 지도 학생을 굴리고 굴리는 교수. 수업에서 얻는 것도 많지만 또 해야 하는 과제도 많아서 좋아하는 사람은 아니, 견딜 수 있는 사람은 견디고 아니면 피하게 되는 그런 교수. 영어로 글 쓰는 것에 익숙하지 않은 유학생에게도 "이 따위로 글 쓰고 어떻게 학계에 있을 거야?"라고 대놓고 말하고, 자기 기분 안 좋을 땐 유학생이 하는 말에 "네 말 무슨 말인지 하나도 못 알아듣겠어."라며 가슴에 대못을 쾅쾅 박는 사람이다. 그런 직설적인 성격 탓에 사이가 안 좋은 교수도 여럿, 상처 받아 나가떨어진 학생도 여럿일 정도. 그런 사람인데 약속 시간에 학생이 늦으니 정말 진심으로 짜증내며 히스테리컬한 목소리로 전화했을 게 눈에 보였다. 그렇지만 정말 실력 있고, 수업과 본인 연구에 열심인 사람이며, 자기 사람 챙기는 건 또 기가 막히니 '나쁜 사람'으로 오해하진 말길.

헐레벌떡 뛰어 들어간 언니가 "이메일을 보고 창문 있는 방으로 오라는 줄 알고 거기 있었어."라고 변명하니 갑자기 정말 한참을 웃었다는 R. "내가 언제 창문 있는 방에 오라고 했어, 그때 window가 있으니 오라고 했지." 하고 또 깔깔깔. 알고 보니 영어에서 window는 창문이라는 뜻 외에도 '잠깐의 기회'란 뜻도 있어, '그 사이에 짬이 나니 오라.'는 뜻이었다. 영한사전에 무려 6번째 뜻으로 등재되어 있다. 다행히 R은 몰라서 한 실수에 관대했고, 기분은 다 풀려 만나서 얘기하려 했던 건 잘 마쳤다 했다. 대신 그 후로 여기저기 J가 이런 일이 있었다며 우

스워 죽겠다는 듯 말하고 다녔는
지 언니는 한동안 여러 사람에
게 놀림을 당했고.

J언니는 나에게 그 이야기를 전하
며 알고 있었는지 물었는데, 난 '당연
히' 몰랐다. 우리는 이후 다른 유학생 친구
들에게도 window에 대해 물어봤는데, 영어권
출신 유학생들이야 당연히 알고 있었고, 그 밖에 비영어
권 출신인 경우엔 미국에 정말 오래 머물렀던 한 친구를
제외하곤 대부분이 잘 모르고 있었다. '창문'에 공격당한
우리들. 뭐 단어뿐 아니라 억양 때문에 아는 단어를 제대
로 못 알아들은 경우도 부지기수다.

다행인 것은 못 알아듣는다고 자괴감을 느낄 나이는
아닌지 그냥 웃고 넘어가지만 화딱지가 나기도 했다. 언
어 능력 부족이 야기하는 시간과 체력의 소모가 엄청나
기 때문이다. 갑자기 읽어야 할 과제로 프린트 몇 페이지
가 늘어날 경우, 영어권 출신의 학생에겐 고작 휘리릭 몇
분 더 소요될 것이 나에겐 몇 시간이나 더 걸리는 양이
될 때도 있으니까.

물론 모든 유학생이 모두 나 같지는 않다. 어떤 이는

이를 바득바득 갈고 노력해서 현지인보다 유창하게 영어를 구사하기도 한다. 나는 어떻게 보면 마음의 여유랄까, 그냥 게으른 탓일까, '좀 못하면 어때, 뒤처지지 뭐.'라는 될 대로 되라는 식으로 지내서 스트레스를 많이 받지 않았다. 하지만 유학 1년 차는 제외한다. 그때는 하루에도 몇 번씩 한국에 돌아가야 하나 심각히 고민했으니까.

스트레스를 다스릴 수 있는 나이에 유학을 한 건 좋은데, 너무 여유를 부려서 충분히 열심히 하지 못한 것도 사실이다. '이게 인생의 다가 아닌데, 적당히 하지 뭐.'란 생각이 지배적이었다. 그래서 지금 박사를 못 마치고 이렇게 사나 보다. 그러나 이 역시 못 마친 게 아닌 '안' 마친 거라고 강력히 믿고 있다.

1장 · 혼자 있던 시간이 준 선물

서른 살, 공부하는 여자

내가 처음 유학을 결심한 게 언제였더라. 석사를 마칠 무렵만 해도 더 이상 공부하지 않고 일을 해야지 생각했다. 사실 석사 논문만 해도 수료 후까지도 곧바로 쓰지 않고, 미술관에서 근무하며 미적거리다가 그래도 이쪽 분야에서 일을 하려면 석사 졸업은 필수겠구나 싶어서 뒤늦게 정신을 차리고 쓴 거였다.

졸업 직전부터 다니게 된 학교 연구소 일을 하는 중에는 박사를 해야 좀 더 대우를 받겠구나 싶었다. 점점 많은 분야가 그렇듯이 미술계, 문화계도 학력 인플레이션이 심하다고 늘 얘기한다. 뭐랄까, 교수직이 아니더라도 박사는 '기본으로' 해야 어느 자리든 지원이라도 해 볼수 있다고 할 정도로 많은 사람들이 석박사 학위를 지니고 있다. 그러니 일하는 분야를 완전히 바꾸지 않는 이상, 결국 박사를 해야 하나 생각이 들었다.

그렇다고 처음부터 유학을 고집한 것은 아니었다. 막연히 유학을 가 볼까 생각하고 주위를 둘러보니 주변에 유학을 다녀온 사람, 유학 중인 사람이 많기는 했다. 내가 미술관에서 일하던 당시를 생각해 보면 학예실의 네 명 중 두 명이 미국 유학을 다녀왔고, 같이 보조 연구실에 있던 두 명이 미국으로, 또 다른 두 명이 일본으로 유학을 갔으니까. 이후에 내가 유학을 가던 해에도 나 말고 다른 선배 언니도 미국 서부로 유학을 나갔고, 후배들 중에도 유학 행렬은 계속 이어졌다. 참고로 모두 여자들이다. 일단 내가 다니던 과 자체에 남학생이 거의 없었다. 주위에 '용감하게' 유학을 간 여성들이 많기는 했지만, 유학에 회의적인 사람, 가지 말라고 말리는 사람도 있어서 석사 중에는 유학은 남의 동네 이야기구나 하며 지냈다.

그러다 학교 연구소에서 일하던 2009년 봄에 공공 미술 조사 차원으로 뉴욕과 시카고에 다녀온 적이 있다. 그때 뉴욕에서 유학 중이던, 이전에 미술관에서 함께 일했던 사람들을 만났는데, 공부하는 것을 좋아하면서도 쉽지 않아 했다. 그때 우스갯소리로 "이 구렁텅이에 경문 씨도 빨리 와." 하는데, 난 절대 싫다고, 안 갈 거라고 했다. 그들이 영어 공부를 하며 시험을 준비하던 것도 옆에서 지켜봤는데 그것만 봐도 만만치 않아 보였고, 뉴욕에서 직접 만나 보니 타지에서 홀로 공부한다는 것이 너무 대단하게 느껴졌다.

그리고 한국으로 돌아와서는 박사 과정은 한국에서 하겠다고 결심했다. 유학은 준비하는 과정조차도 어려워 보였다. 영어 시험에, 영어 에세이에, 학교와 교수 리서치에 단 하나 쉬워 보이는 게 없었다. 영어가 능숙한 것도 아닌데, '혼자' 먼 곳에 가서 공부를 한다는 것에 대한 두려움도 있었다. 그렇다고 한국에서의 박사 과정이 쉽다는 건 결코 아니지만, 유학 준비 과정을 생략하니 조금은 더 쉽지 않을까 싶어 그냥 여기에서 해야지란 생각이 들었다.

석사 때 지도 교수님께 박사 과정 원서를 쓰겠다고 말씀드리니 대뜸 "왜 쉽게 하려고 해?"란 말을 들었다. 사실 선생님은 기억도 못하실 거다. 그냥 왜 유학은 생각도 안 해 보냐고 가볍게 말씀하신 것일 수 있는데, 나는 뭔가 들킨 기분이었다. 같은 지도 교수님이 계신 과로 쉽게 들어가서 해 보지 뭐 했던 생각이 걸린 것 같아 뜨끔했다. 그리고 박사 과정 면접에서 다른 교수님마저 "야, 너 유학 준비해 봐." 하며 내 지원서를 밀어 버리셨다. 당연히 박사 과정 입학에 똑 떨어졌다. 뉴욕에서 만난 선배 언니의 '구렁텅이'로의 초대 얘기를 들은 지 반 년도 지나지 않았던 때, 나는 강남의 한 토플 학원에 등록했다.

사실 더 솔직히 고백하자면, 영어 외에도 가장 부담스러웠던 것은 나이였다. 이미 석사를 졸업했을 때가 스물여덟이었으니 준비하고 지원하고 하다 보면 서른 살에나 시작할 수 있다는 게 묵직한 짐으로 여겨졌다. 그것도 외국까지 나가서? 게다가 '여자'가? 내 개인의 마음가짐 외에도 외부적인 시선이 더해졌다.

유학 중 만난 친구들과 그런 얘기들을 하곤 했다. 여기와 있는 사람들, 특히 여자들은 사실 정상이 아니라고. 일반적으로 정상과 비정상을 가를 때 기준이 단순히 다수냐 소수냐를 따지는 경우가 많으니, 그 기준으로 보면 말이다. 잠깐의 어학연수나 여행이 아닌 몇 년씩 지낼 것을 각오하고 와서 지내는 것이 전체 수로 따지고 보면 많지는 않으니까. 가족 따라 오는 경우라 해도 타향살이가 쉬운 게 아닌데, 나이 먹어서 혼자 공부나 일을 하겠다고 결심하고 오는 건 많은 여건과 용기가 따라 줘야 가능하다. 결코 자부심이 섞인 말이 아니다. 다들 독한 사람들이라고 자조 섞인 말을 하는 것이었다. 특히나 '(언젠가)

결혼을 앞둔' 20대 중반부터 30대의 미혼 여자들의 경우 그 '독하다'는 표현의 농도는 배가 된다. 워낙 여초가 심한 도시로 유명한 뉴욕이니 그곳에서 '적당한' 남자 찾기란 쉽지 않기 때문이다. 내 할 일은 하면서 연애나 결혼을 위한 촉도 곤두세우고 살아야 하는 곳. 뭐 그쪽으로 아예 관심이 없다면 모를까.

유학 직전에도, 유학 중에도 그런 질문을 제법 듣곤 했다. 특히 학교 후배들이나 비슷한 연령대의 친구들로부터 "부모님이 유학 보내 주셨어요? 반대는 안 하셨어요?"라고. 이 이야기를 하려면 내 연애사가 좀 밝혀져야 할 텐데 어디서부터 얘기를 해야 하지. 아주 간단히 얘기하자면 유학 준비 중에 나는 연애를 하지 않는 상태였고, 모든 영어 시험을 끝내고, SOP statement of purpose (학업 계획서) 등의 에세이까지 쓰고 학교에 지원하던 시점에 이전에 만나던 남자 친구를 다시 만나게 되었다. 그 남자 친구는 나에게 다시 만나고 싶다고 연락을 하고 이틀 뒤 "근데 나 유학 준비해." 소리를 듣게 되었고. 통화 중 그렇게 얘기하자 잠시 정적이 흘렀던 것으로 기억한다.

아마 그 남자 친구와 중간에 헤어지지 않고 계속 만났더라면 유학을 안 갔을 수도 있다. 아마 그랬을 거다. 헤어진 덕에 조금 '홀가분하게' 준비한 유학이었으니까. 한 마디로 유학을 준비하던 그해, 나는 연애도 않던 스물아홉 살의 여자였다. 나와 같이 GRE 학원을 다니며 스터디를 했던, 지금도 연락하는 '친구들'은 나보다 세 살, 여섯 살이 어린 여자들과 동갑내기 남자였다. 어쩌다 보니 나는 그 무리에서 유학 준비를 같이 하는 왕언니가 되어 있었다.

지금 생각해 보면 스물여덟이든 스물아홉이든 아직 어리고 젊은 나이였는데, 그땐 나이도 많은데 유학은 무슨 유학인가 불안함도 있었던 게 사실이다. 그런 둘째 딸에게 우리 부모님은 뭐라 하셨는지 물으신다면, 아주 등을 떠미셨다. 유학 가라고. 주변에서 딸이 선 자리 관심 없냐고 묻는 것에도 우리 아부지는 칼 같이 끊으셨다 한다. "걔 결혼 안 하고 유학 간다는데?" 뒤늦게 그 이야기를 듣고 대체 왜 그랬냐고, 왜 나를 그토록 유학 보내려 하시냐 했었다.

나는 그냥 좀 그런 분위기의 집안에서 자랐다. "지가 알아서 하겠지." 하는. "나이가 있으니 결혼해야지."라든가 "지금은 이걸 해야 되지 않겠니." 이런 것 없이 "네 인생 네가 알아서 하렴." 하는 분위기. 그래서 후배들이 물어보면 "응, 우리 집은 그냥 가라시던데."라고 대답하는 수밖에 없었다.

사실 그런 질문은 대부분 집에서 유학 대신 결혼할 생각이나 먼저 하라고 하는 부모님을 둔 사람들이 나는 어떻게 대처했는지를 물어보는 경우였다. 미안하지만 우리 부모님은 "지금은 결혼보다 유학"이라 하셨던 분들이라 내가 해 줄 수 있는 조언이 없었다. 많은 경우 딸을 가진 부모님들은 결혼과 학업 중 하나를 선택해야 하는 상황이 오면 전자를 택하는 경우가 많음을 알고 있다. 적어도 아직까지는. 물론 이 두 가지가 병행되지 못할 것도 아님에도 불구하고 '적령기'라는 단어에 많이 휘둘리는 것도 사실이다. 혹은 정말 결혼까지 생각하고 진지하게 연애를 하는 대상이 있는 상태라 하더라도 유학을 시작하고 장거리 연애를 견디지 못해 헤어지는 경우도 많이 목격했다.

그렇게 간 유학 생활 중 학교에서 만난 친구들은 다행인지 어쩐지 나이가 비슷비슷했다. 미국, 이탈리아, 터키, 싱가폴 등 각지에서 온 학생들. 정도의 차이는 있겠지만 20대 후반, 30대의 사람들, 특히 여자들에게는 국적에 상관없이 결혼에 대한 부담이 어느 정도 있었던 것 같다. 사실 결혼에 대해 묻는 것이 실례일 수 있기에 꼬치꼬치 물어본 적은 없지만, 대화 중에 나오는 말들로 추리해 봤을 때 말이다. 연애를 하는 중에 유학을 온 경우엔 많이들 코스웍course work(박사 과정에 필요한 수업을 듣는 과정. 학교/학과마다 채워야 하는 학점이나 연수가 다 다르다)을 마치고 결혼 할 생각들을 하고 있었다. 박사 과정은 개인마다 차이가 커서 언제 끝날지 모르는 일이기에. 나 역시 코스웍을 마치고 결혼을 해야지 생각했지만, 어쩌다 보니 3학기를 마치고 중간에 결혼을 하게 되었다.

지금 돌아보면 그랬었나 싶지만 당시엔 나름 치열하게 고민하던 일이었다. 지금 해야 하나, 할 수 있나, 해도 되나 등등. 다른 글에서 언급하겠지만 중간에 내 지도 교수가 바뀌는 일이 생기는 바람에 그 틈을 타 가능하기도 했다. 만나는 사람이 없는 박사 과정 중의 친구들은 거의 대부분 결혼에 회의적이었다. 모두 그런 것은 아니지만 '결혼이란 걸 꼭 해야 하는 건가?'라고 생각하는 경우가 많았다. 오히려 그보다는 본인의 학업과 커리어에 훨씬 더 중점을 두고 있었다. 남자 학생들의 경우, 결혼을 하고 박사를 시작하거나 박사 중에 결혼한 비중이 더 높았다.

사실 한국에서 내 박사 지원서를 밀어 버리신 그 교수

님은 정작 내가 유학 간다고 인사를 드리러 갔을 땐 이전에 당신이 유학을 권유했다는 것은 잊으시고 "야, 유학은 무슨 유학이야. 너 올해 나이가 몇이냐? 괜찮겠어? 시집이나 가. ××나 ○○를 봐봐. 박사 다 하고 와서는 때 놓쳐서 노처녀로 늙어가잖아."라고 하셨다.

박사를 졸업해서 교수가 되어도 여자가 결혼을 못 하면 아무 소용이 없다는 듯한 평가. 굉장히 씁쓸한 현실이긴 한데, 박사 학위를 딴 남자는 결혼 시장에서 주가가 더 높아지는 반면, 박사를 마친 여자는 한없이 "값이 떨어진다"는 소리를 듣는다. 똑같이 고생하고 열심히 해서 이룬 결과에 대한 정반대의 평가이다. 남자는 "능력 있네" 소리를 듣고, 여자는 "콧대 높고 잘나져서 남자가 부담스러워 한다"는 얘기를 듣는다. 여자가 이룬 결과에 대해 한 사람 그 자체에 대한 평가가 아닌 남성의 시각 혹은 반응이 들어가는 말들. 박사를 마친 것도, 그래서 결혼을 '못' 한 것도 안 좋은 낙인처럼 찍혀버린다.

결혼이 인생에서 반드시 거쳐야 하는 정거장은 아닐 수 있는데(점점 더 그런 세상이 되고 있는 것 같기는 하다), 아예 처음부터 내 의지대로 선택할 수 없는 사항이 되고 주변에서 어떤 딱지를 붙여버린다면 참 기분 나쁜 일이 아닐

수 없다. 내가 하고 싶
어도 남들이 막아 버린
다고 해야 하나. 본인
이 결혼에 뜻이 없어
서라면 다른 얘기라

생각해도, 아직까지 많은 경우 이마저도
이상한 '여자' 혹은 공부하다 때 놓쳐서 하는 핑계거리로
치부해 버리기 일쑤다.

　사실 반대의 경우도 있다. 결혼을 하고 학업을 계속하
는 경우, 둘 중 하나는 제대로 못할 것이라는 말도 나온
다. 아이가 있다면 그 정도는 더 심해진다. 싱글 여성의
경우 남편이나 아이에게 갈 신경까지 모두 공부에 쏟을
수 있으니 당연히 성취도나 수준이 결혼한 여성보다 더
나을 것이라는 거다. 아마도 육아의 비중이 아빠보다 엄
마에게 훨씬 더 쏠려 있는 한국의 사정을 생각해 보면 아
주 틀린 말이 아닐 수도 있다. 신경 써야 할 일이 공부 외
에도 많아지는 것이니. 이러나저러나 공부하는 여자에
대한 세상의 평가는 참 박하기 그지없다.

선택은 각자의 몫

첫 학기를 마치고 지인들의 할 만하냐는 질문에 "내 돈 내고 하는 공부였다면 진작 그만 두고 한국으로 왔을 거야."라는 말을 수없이 했다. 정말 돈 주고 하는 고생이었다면 더 억울했을 것 같다. 다른 무엇보다 언어의 장벽에서 오는 자괴감이 컸다. 이렇게 자존감이 무너질 수 있나 했던 것도 한두 번이 아니었다.

첫 겨울 방학 때 예정에 없던 한국 방문을 마치고 돌아가기 전 어찌나 막막하던지 남자 친구에게 나 좀 보내지 말라고 징징거렸다. 나이 서른에 유학 간다고 당차게 선포하던 그 패기는 다 어디로 갔는지 모른 채 그 험한 세상에 나를 다시 돌려보낼 거냐고 한탄했다. 내가 선택한 유학이지만 정말 쉽지 않았다. 가끔 드라마나 매체에서 등장인물이 마음만 먹으면 휙 외국으로 유학을 가고 돌아오는 장면을 보면 얼마나 어이없고 우스운지. 그래 토플은 몇 점이나 받았는지. 다들 시민권자라서 그런 거 필요 없는 건가. 난 유학 원서 지원을 위한 영어 시험만 몇 달을 공부하고 SOP도 몇 주를 고심하며 쓰고 고쳐서 겨우 합격 통지서 몇 개 받았을 뿐인데 쟤는 뭐가 저리 쉽담. 학교 지원 전에 장학금을 받기 위해 풀브라이트Fulbright에 지원하고 열 명의 심사위원 앞에서 생애 처음 영어로 인터뷰를 당하던 그때부터 굴욕과 서러움의 시간은 이미 시작되었다. 막상 가서도 진땀 흘리며 버틴 나날들이었고.

그래도 다행히 시간이 지나면서 공부나 생활은 조금씩 나아졌고, 나름 즐기면서 공부를 하게 되었다. 즐겼다고 해서 언어 실력이 부쩍 향상되었다든지 공부에 눈이 번쩍 뜨였다는 건 아니다. 그저 내가 할 수 있는 한에서 페이스를 조절할 수 있는 방법을 터득했다고 해야 할까. 서른 살에 시작한 외국 생활에서 '적당히'를 터득한 건 정신 건강에 매우 이로웠지만 그 적당한 타협으로 인해 내 영어는 지지부진했다. 공부에서 타협점을 찾는다는 것은 약간의 포기 혹은 도전을 피한다는 것을 의미하기도 한다. 내 경우엔 그랬다. 스트레스를 최대한 덜 받기 위해 자구책을 마련한 것이었지만 적극적으로 나서지 않으니 영어가 늘 리 없었다. 특히나 인문학 박사 과정은 놀랍도록 혼자만의 공부가 가능한 세상이다. 읽기와 쓰기는 계속 반복하는 사이에 어느 정도 실력, 그게 실력이라 할지 약간의 비법이라 할지 모를 그것이 늘었지만, 동료들과 어울리며 하는 학문도 아니고 학부생처럼 과외활동을 하며 지내는 것도 아니니 말하기 듣기는 여전히 유아 수준이었다.

그럼에도 어쨌든 학교생활에 적응하면서 큰 산을 하나 넘었다고 생각하니 또 다른 산이 기다리고 있었다. 바로 결혼. 유학길에 오르기 전, 아무래도 혼기가 꽉 찬 남녀가 헤어졌다 다시 만나기도 했으니 뭔가 빠른 결판이 나길 바라는 분위기가 형성됐다. 하지만 내가 연애 중에 유학을 계획한 것도 아니고 유학을 위한 지원을 모두 마쳤을 무렵 다시 만나게 된 것이니 남자 친구는 내게 뭐라고 할 상황도 아니었고, 결정권은 내게 있었다. 앞서 말했듯이 우리 부모님은 일단 마음먹은 대로 공부를 해야지 하시는 분위기였고, 나 역시 학교가 안 됐으면 모를까 오라는데 당연히 가야지란 마음이었다.

결국 미국에서의 유학 생활이 시작되면서 우리 부모님은 코스웍이 끝나고 결혼하길 내심 바라셨다. 하지만 이미 결혼을 약속한 사이이고 하니 남자 친구의 부모님께서는 빨리 식을 올리길 원하셨다. 유학 전에는 뭐 일단 갔다가 한 학기 휴학하고 결혼하고 돌아가야지 하고 생각했다. 실제로 그렇게 말씀을 드리기도 했고. 하지만 미국에서 휴학은, 특히나 박사 코스웍 중의 휴학은 한국에 비해 대단히 중차대한 일이다. 한국에서도 이건 흔치 않겠지만, 미국에서는 건강상의 이유나 특별한 가족 문제 같이 중대사가 있지 않은 한 이미 시작한 박사 코스웍 중에 휴학하는 일은 굉장히 드물다. 나도 미국에서 유학을 시작하고 알게 된 사실이기도 하다.

한국에서처럼 한 학기 잠깐 쉬는 것처럼 휴학하고 그 사이 결혼하고 돌아오면 되겠지 하며 쉽게 생각했는데 그야말로 오산이었다. 코스웍 중의 휴학은 일종의 포기 혹은 도태 등 극단적인 상황을 의미한다. 도저히 학업을 따라갈 수 없다던가, 그만둘 것을 염두에 두고 선택하는 마지막 기로인 셈이랄까. 그렇기에 앞서 말했듯이 건강이나 가족 이슈 등 큰일이 아니고서는 거의 없는 선택인 것이다.

중간에 "나 결혼 좀 하고 올게." 하는 게 불가능해 보여 코스웍을 마치고 식을 올리고 싶었지만, 마치 유학을 가더니 말을 바꾼 것 같은 상황이 되어 버렸다. 그 덕에 세 번째 학기에 받았던 스트레스는 말도 못했다. 공부를 따라가기만도 벅찬데 결혼 문제는 어떻게 해야 할지, 게다가 지도 교수가 바뀌는 희한한 상황까지 겹쳐서 누구에게 상의를 해야 할지도 모르겠던 때였다. 그 사이 어렵사리 이 사람 저 사람에게 털어놓고 받은 조언들은 "당장 결혼"부터 "헤어져라"까지 드넓은 스펙트럼이었고, 선택은 고스란히 내 몫이었다. 결과적으로는 상황이 잘 풀리긴 해서 4학기 차에 한국에서 결혼을 하고 뉴욕과 한국을 오가며 학기를 진행할 수 있었지만 정말 운이 좋게 잘 해결됐다고 할까. 박사 과정은 교수와 일대일로 진행하는 수업을 받을 수 있기에 가능한 일이었다. 또 무엇보다 바뀐 지도 교수가 많이 양해를 해 준 점이 컸다.

그렇게 한 학기만 뉴욕을 오가며 한국에서 결혼 생활을 한 뒤 다시 두 학기 더 고스란히 뉴욕에서 지내며 코스웍을 마쳐야 함을, 즉 남편과 두 학기는 떨어져 지내야 한다는 것을 말씀드리고 하게 된 결혼이었다. 이미 알고 계셨던 것임에도 불구하고 돌아갈 때가 되어 비행기를 예약했다는 것을 말씀드렸던 날 시부모님은 굉장히 섭섭해 하셨다. 아니, 그냥 '섭섭하다'는 말보다는 뭐랄까, 탐탁지 않아 하시는 분위기였다.

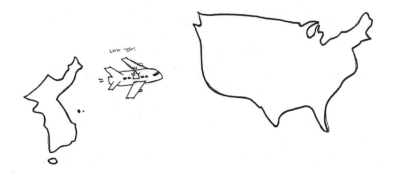

    결혼한 며느리가 남편을 홀로 두고 다시 먼 곳으로 간
다 하니 기분이 좋아 보이지 않으셨다. 시아버님은 비행
기 표 얘기를 꺼낸 이후 내가 집에 돌아갈 때까지 한마디
말씀도 없으셨다. 사실 지금에야 시부모님의 사랑 듬뿍
받는 며느리이니 예전 얘기를 꺼낼 수 있지만, 그땐 어떻
게 대처해야 할지 정말 어려웠다. 갑자기 아무 말씀도 없
던 쎙한 분위기. 지금처럼 넉살도 부릴 줄 아는 며느리가
아니었던지라 시부모님의 반응에 그저 당황한 채 집으
로 돌아왔던 기억이 난다. 어쩌면 신혼 초기였기 때문에
더 그랬을 거다. 결혼한 사람들에게, 특히 결혼한 '여자'
에게는 친정과 시댁에서 같은 말을 듣더라도 몸에 닿는
표현의 질감이 다른 법이니까. "가지 마라."는 말을 하신
것도 아니었는데 온몸으로 느껴진 불편한 그런 분위기.

그렇게 어렵사리 '마침내' 결혼을 하고 뉴욕으로 돌아오니 내게 남은 커다란 산이 또 있었다. 바로 종합시험. Comprehensive exam, 줄여서 컴이그잼com exam이라 부르는 이것은 한국이든 미국이든 논문을 쓰기 전 박사 과정 수료를 위해서 반드시 거쳐야 하는 단계이다.

학교와 학과마다 방식은 조금씩 다 다른데, 우리 과의 종합시험은 세 과목으로 구성된다. 이는 각 학생의 논문과 관련된 주제 세 가지로, 세 명의 교수와 관련 리딩 리스트를 짜고 한두 학기 동안 각자 내용을 정리해야 한다. 그렇게 준비해서 특정 학기 말 즈음에 학과와 각 교수와 상의하여 날짜를 잡고 하루에 한 과목씩 사흘을 내리 시험을 보는 것이다. 형식적인 절차도 아닌, 제대로 준비해서 치러야 하는 시험이었다. 통과하지 못한 경우가 있는지 물어본다면 물론 있지만, 그보다 지도 교수가 아직 학생이 준비되지 않았다고 판단되면 시험 치는 학기나 날짜를 계속 유보하는 경우가 많다.

지금이야 논문을 쓸 마음이 거의 없고 수료한 것에 만족하지만, 코스웍을 마치고 종합시험을 볼 때까지만 해도 공부를 그만두겠다는 생각을 하지 않았다. 그렇기에 종합시험을 보기 전에 지도 교수가 바뀌고 내 전공과 연

관련 교수들이 엔와이유에서 다른 학교로 옮기게 된 것 등은 나름 타격이 컸다. 내 기수를 마지막으로 학교는 잠시 우리 과의 박사 과정을 중단시키는 결정까지 해서 교수가 충원되지 않는다는 것도 위기로 다가왔다. 그 때문에 학생들과 교수들 간의 회의도 몇 번이나 가졌다. 아무튼 이런저런 상황들이 지속되자 좀 더 나은 환경에서 공부를 해 볼까 싶은 마음에 학교를 옮길까 하는 생각도 들었다. 박사 과정 동료들과 만나면 "너는 어떠니?", "커미티committee(지도 교수 외에 3~4명의 교수를 커미티 멤버로 선정하는데, 이들은 논문 심사 과정에 참여하고 추천서를 써 주기도 한다)에 넣을 교수는 다 찾았니?" 등으로 안부를 묻곤 했다.

당시엔 공부에 대한 욕심이 생기니 미국 유학을 더 연장해야 할지도 모른다는 생각이 들어 남편과 약간의 갈등이 있었던 적도 있다. 유학이 더 길어질 수도 있고, 다른 지역으로 옮길 수도 있는 경우의 수가 많이 생기다 보니 말이다. 결론적으로 말하면 '적당히' 엔와이유에 있는 교수들로 커미티를 짜고 종합시험을 무사히 보긴 했다.

내 커리어에 더 욕심을 부렸다면 어떻게 되었을까. 나

는 내 일, 내 지위에 대한 욕심은 있었지만 막연히 언젠
가는 뭐라도 되겠지 하는 조금 게으른 생각이 있었을 뿐
이었다. 과마다 다르겠지만 대부분의 인문학 전공의 학
생들은 혼자 알아서 공부를 해야 하기에 조금 더 외롭게
자신의 이력을 쌓아 나가야 한다. 다른 박사들도 마찬가
지이긴 하지만 실험실 동료라든지 공동으로 무엇을 하는
것이 거의 없는 게 인문학 분야이다. 그렇게 공부도 커리
어도 치열하게 챙기면서 살아가는 동료들을 보니 회의감
이 들었다. 열심히 한다고 늘 잘 풀리는 것은 아니었으니
까. 지금도 여전히 공부하는 것을 좋아하기는 하지만 난
공부에 속도가 느린 사람이다. 그러다 보니 학문에서 무
언가를 성취하기보다는 다른 일을 해 보고 싶다는 생각
이 들어 한국에 있는 언니와 새로운 일을 추진했고, 거기
에서 즐거움을 찾았다.

돌이켜 보면 행운이었다. 만약 공부에 욕심이 더 생겼
다면 인생이 더 복잡해졌을지도 모르겠다. 남편과의 갈
등도 만만치 않았을 테고. 아이를 낳고 나니 더 그런 것
같다. 정말 이건 어쩔 수 없이 고스란히 '엄마의 몫'이라
고밖에 할 수 없는 육아에서의 여자의 역할이 있다. 생물
학적으로 엄마만이 아이에게 해 줄 수 있는 것들. 덕분에

공부 중인 친구들 가운데 아이를 낳으면서 그 흐름이 끊긴 사람이 한둘이던가. 아이를 낳는 것도 요즘은 선택이라 하지만, 낳은 이상은 그래도 그 생명체에 책임을 져야 할 테니 말이다.

공부하는 여자에게 무엇이 옳고 그르다는 정답이나 결론이 있을까. 그저 누군가 혹은 무언가로부터 압력이나 권유가 아닌 스스로 선택하여 아쉬움이 덜 한 방향으로 나가는 수밖에. 선택은 결국 각자의 몫일 뿐이다.

2장

/

낯선 도시에서

사랑하게 된 것들

워싱턴 스퀘어 파크가 캠퍼스

나는 지금껏 살아오며 학생이 아니었던 기간이 더 짧게 느껴질 정도로 참 오랫동안 '학생' 신분을 유지했다. 현재도 어찌 보면 여전히 학생이다. 은유적인 표현이 아니라, 아직 졸업을 하지 않은 상태이고 학교 시스템에 버젓이 이름이 올라가 있으니까. 학교도 나름 다양하게 다녔다. 학부, 석사, 박사를 모두 다른 학교에서 했으니. 그래서인지 아니면 그냥 성격 탓인 건지 딱히 어느 학교가 '모교'라는 느낌이 들지 않는다. 그렇다고 완전히 '남의 학교' 같다는 것도 아니다. 그냥 세 학교 모두 내가 속한 혹은 속했던, 그래서 가깝지만 "우리 학교야!"라며 감싸고 좋아하기만 할 마음은 들지 않는다.

그나마 현재 적을 두고 있기도 하고, 멀리 떨어져 있어도 가끔씩, 하지만 가끔이라고 하기엔 매일 하루에도 몇 번씩 학교 이메일 계정을 통해 소식을 들어 조금 더 애정이 가는 곳이 엔와이유이다. 아이를 낳고 한국에 돌아와 완전히 전공 공부와는 멀어진 생활을 하고 있으니, 몇 년 전 나의 모습에선 참 달라졌다 매번 새삼 느끼게 된다. 가끔 SNS에 올라온 엔와이유 사진을 보면 그곳에서 힘들고 괴로웠지만 신나게 공부했던 때가 생각난다.

박사 과정 유학생으로 조금은 거리를 두고 바라보게 된 엔와이유를 얘기해 볼까. 모든 박사 과정 유학생이 그런 건 아니겠지만, 나 같은 경우엔 스스로 마냥 '엔와이유 사람'이라 여기며 학교를 다니진 않았다. 개인적인 성향 탓도 있을 테고, 30대에 새로운 직장도 아닌 학교를 그것도 외국으로 가게 된 탓도 있을 것이다. 또 인문학 박사 과정이라는 게 워낙 공동체적인 생활이 필요 없는 개개인의 연구 시간이라는 점도 한몫했을 테고. 그래서 조금은 더 관찰자적 입장으로 학교를 다니게 되지 않았나 생각해 본다.

엔와이유는 잘 알려졌다시피 '캠퍼스'가 없는 학교이다. 엔와이유 소유의 건물이 있고, 그런 건물 주위의 외부 건물 가운데 엔와이유가 사용하는 층이 있는 식으로 학교가 존재한다. 처음에는 '캠퍼스가 없다'는 개념이 도무지 이해가 되지 않았는데 조금 다니다 보니 이해가 갔다. 뭐라고 해야 하나. 학교 울타리가 있고, 그 안에 학교의 각 부서, 과와 관련된 건물이 있고, 그런 곳곳을 이어주는 길이 있는 모습이 가장 전형적인 학교 모습이라면, 엔와이유는 그런 울타리가 없다. 그나마 워싱턴 스퀘어 파크를 중심으로 학교 행정부, 도서관, 각종 사무실, 학과가 소재한 건물들이 밀집해 있긴 하지만, 그야말로 건물들이 모여 있기만 할 뿐, 건물과 건물 사이의 길은 '학교 안'이라고 부르기 매우 애매한 공간이다. 그곳들은 학교가 아닌 '공공'의 길이다.

좋게 말하면 상당히 개방적이고 오픈되어(말 그대로 '열려 있는'인데, 한국말의 뉘앙스로 전달하기 힘든 느낌이다) 대학의 전형성을 탈피한, '상아탑'이 사라진 공간으로 볼 수 있지만, 그만큼 학교의 울타리가 주는 소속감이 결여되어 있다는 말이기도 하다. 그래서 역설적으로 '공간이 주는 안정감'이 있다는 것을 엔와이유를 다니며 여실히 알게 되었다.

나의 경우는 유학 중 학교가 주는 소속감에 별 생각 없이, 때로는 거부하기도 하고 지냈는데, 10대 후반, 20대 초반의 학부생들에게는 소속감을 느끼지 못한다는 것이 꽤나 큰 상실감으로 다가갈 수도 있다고 들었다. 그렇

지 않아도 대학생이 되면서 고등학생 때와는 다른 자유
로움을 장착했을 텐데 뉴욕이라는 거대 도시에서 소속감
없이 지내면 더 내던져진 느낌인가 보다. 그래서 오히려
2012년 가을, 뉴욕에 닥친 허리케인 샌디로 엔와이유가
일주일간 마비되었을 때 (학교 건물 일부가 정전이 되고, 침
수 피해를 입어 학교 수업을 일주일간 중단하고 복구해야 했
다. 당시에 학생 기숙사와 교수 아파트 일부도 피해를 입어 그
곳의 사람들은 다른 곳으로 이동해서 지냈다. 그때 숙소를 옮
긴 사람들 일부는 공동 화장실을 사용하고, 전기 공급이 원활
하지 않아 도서관에서 핸드폰과 노트북을 충전해야 하는 등의
불편을 감수해야 했다) 학생들이 서로 도와야만 하는 상황
속에서 같은 공동체라는 '새로운' 소속감이 생겼다고 할
정도였으니까.

  캠퍼스가 주는 소속감이라는 것은 사실 비교 체험을 통
해 절실히 다가왔다. 5학기째부터였나, 콜럼비아Columbia
에서 수업을 듣고(Inter-University Doctoral Consortium이
라는 이름으로, 뉴욕시 인근 대학의 인문학 전공 박사 과정생
이 서로의 수업을 자유롭게 수강할 수 있는 제도가 있다) 그곳
도서관을 들락거리며 캠퍼스가 있는 곳을 경험해 보니
좀 더 확실해졌다고나 할까. 캠퍼스 안에 들어오면 뭔가

보호 받는 느낌. 건물 사이 길에서 차를 피해야 되는 일이 전혀 없는 안정감.

그에 반해 엔와이유는 '건물'이 학교가 되는 셈인지라, 출입 시 건물 입구마다 있는 경비원이 학교 아이디카드를 검사한다. 캠퍼스의 '대문'이 한 번 사람들을 걸러내어 아무나 건물과 교실에 들어가는 확률을 줄여 준다면, 그에 비해 엔와이유 건물은 무방비 상태로 불특정 다수에게 노출된 것과 마찬가지다. 그래서 총기 사건 뉴스나 테러 관련 소식을 들을 때면, "엔와이유 건물에 누가 총들고 뛰어들면 그냥 끝이야."라며 긴장하기도 했다.

게다가 엔와이유가 위치한 지점이 뉴욕의 다운타운 지역으로 워낙 유동 인구가 많은 곳이다 보니 더 그랬다. 엔와이유 건물이 모여 둘러싸고 있는 워싱턴 스퀘어 파크는 공공 구역인데다가, 그 주변에는 상가가 밀집해 있는 브로드웨이Broadway, 길 건너 소호Soho까지 학교 사람, 외부 사람, 관광객이 마구 뒤섞여 있는 곳이니 말이다.

그래서 사실 워싱턴 스퀘어 파크는 엔와이유 사람들에게 더 특별한 공간이다. 나도 관광객으로 처음 워싱턴 스퀘어 파크를 지날 땐 아무 생각이 없었는데, 엔와이유에 적을 두고 보니 그곳은 엔와이유 사람들에게 각별한 의

미가 있음을 알게 되었다. 사람들이 잠시 머물다 가는 단순한 공원이 아니다. 이곳은 캠퍼스가 없는 학생들에게 중심점 역할을 해 주는 공간이다. 수업을 들으러, 식사를 하러 가는 이동 중에 지나치는 곳으로서나, 그곳이 목적지가 되어 식사도 하고 휴식을 취하는 곳으로서나, 여러 가지 의미에서 굉장히 복합적인 역할을 수행하는 공간. 그렇다고 학교 사람들만 있는 것도 아닌, 주민, 관광객들도 휴식을 취하는 곳.

전체적으로 직사각형 모양의 워싱턴 스퀘어 파크는 구획별로 다른 특징을 지니고 있기도 하다. 이를테면, 남서쪽 코너는 체스를 두는 노인들이 많이 모이고, 서쪽 중앙은 비둘기에게 모이를 주는 곳, 남동쪽 구역은 주로 엔와이유 학생들이 진을 치는 곳, 북쪽의 아치는 학생과 관광객 등 온갖 사람들이 모이는 곳이자 통로가 되는 곳, 이런 식으로 조금씩 그 성격이 다르다. 아주 크지도 않은 규모인데 남쪽에는 "개 공원dog park", 그것도 작은 개, 큰 개를 위한 곳이 구별되어 갖추어져 있기까지 하다. 순전히 엔와이유 사람들에게 해당될 수도 있겠지만, '외부'와 '내부'가 공존하는 모호한 공간. 인류학을 전공하는 친구 R과 이곳에서 사람들을 관찰하며 누군가 워싱턴 스퀘어 파크의 모호성ambiguousness에 대해 논문을 써도 재미있겠다고 얘기하던 기억이 난다.

하지만 어떻게 보면 매력적으로 다가오는 그 모호성이란 불확실성의 다른 말이기도 하다. 특히 학교 건물 사이사이의 길은 학교 영역의 확장으로 봐야할지 공공의 영역으로 봐야할지 애매해지는 곳이었다. 다시 말해 학교와 뉴욕시 당국이 치안과 경비를 서로에게 의존 혹은 떠넘기며 그 책임과 강도가 조금 느슨해지곤 했다. 학교는 딱 건물까지만 '우리 영역'으로 구분 지으려 하고, 시는 건물 사이 공간도 학교에 떠넘기려 하니, 거기에서 피해를 보는 건 엔와이유 소속 교수 포함 직원들과 학생들일 수밖에. 실제로 건물 내부보다는 건물 바로 밖 출입구나 길에서 강도나 성폭행 시도 등의 사고가 나기도 했다. 그런 일이 있을 때마다 학교 측의 안일한 태도에 분노하는 건 '우리'의 몫이었다. 적어도 학교 주변에서는 늦거나 이른 새벽 시간이라도 마음 놓고 다닐 수 있어야 하는 것 아닌가. 그런 사건이 있을 때 학교 측에 항의하는 문서에 서명을 하기도 했는데, 요즘은 좀 나아졌으려나 모르겠다.

계절이 바뀔 때면 엔와이유 홈페이지나 학교에서 운영

하는 SNS에는 워싱턴 스퀘어 파크의 사진이 빠지지 않고 올라온다. 봄에는 꽃 핀 공원, 여름엔 중앙 분수, 가을엔 알록달록한 단풍, 겨울엔 눈 쌓인 풍경으로. 그 계절을 모두 지내고 그 공간을 수없이 오가던 나였는데. 지금은 서울숲에서 봄을 느끼고 있다.

처음 먹어 보는 맛

서른이 넘어 처음 맛 본 식재료가 하나는 아니지만, 오크
라okra는 내게 가장 인상 깊게 남은 '첫' 낯선 채소이다.
아직도 처음 먹어 본 날이 기억 날 정도로.

맨해튼 중심부에서 남쪽으로 리틀 이탈리아Little Italy라
고 부르는 구역이 있는데, 그곳엔 무척 인기 있고 유명
한 동남아시아 음식점이 하나 있다. 넌냐Nyonya. 동남아시
아라 불리는 권역 속에 많은 나라가 포함되지만, 넌냐는
'주로' 인도네시아, 말레이시아, 싱가포르 음식을 파는
곳이다. 사실 우리에게 중국-한국-일본을 묶어 동북아
시아라 하고 '동북아시아 음식점'이라고 하면, 정체성 모
호한 이도저도 아닌 식당 같이 느껴질 텐데, '동남아시아
음식점'은 그곳 사람들에게 어떻게 들릴까 새삼 궁금하
다. 그곳에 처음 가게 된 것은 같은 박사 과정 중의 싱가
포르 친구 R이 싱가포르 음식을 소개한다며 데려간 거였

다. 개인적으로 워낙 동남아 음식, 그중에서도 인도네시아 음식을 좋아하는지라 그 친구 때문이 아니더라도 언젠가는 갔을 터였다.

인기 많은 식당이니 조금 이른 저녁을 먹자며 친구들과 학교에서 부랴부랴 나갔는데, 넌냐는 대중교통으로는 접근이 불편한 곳에 있을뿐더러, 다들 웬만한 거리는 걷는 것에 익숙한 뉴욕 사람들인지라 열심히 걸어서 갔다. 본디 목적지가 어디인지 정확히 모를 때는 더 멀게 느껴지기 마련. 조금 싸늘했던 날씨로 기억하는데, 추위를 많이 타는 나는 으슬으슬 떨며 같이 걸어간 친구들에게 왜 이리 머냐고 불평했던 것도 같다. 실제론 엔와이유에서 그리 멀지도 않은데. 사실 지금 기억이 조금 섞여 있어서 식당에서 같이 식사한 친구들과 돌아오는 길 위에서 함께 수다 떨던 친구들이 다르게(?) 생각난다.

항상 사람들로 붐비는 곳이라 기다리는 경우가 많다는데, 우리는 운 좋게 곧바로 자리를 배정 받아 앉았고, 메뉴는 그곳의 음식을 가장 잘 아는 R이 추천해 주었다. 넌냐의 메뉴판은 제법 두꺼운데 음식들이 굉장히 다양하다. 한 가지 재료를 이런 조리법, 저런 조리법으로 선택해서 먹을 수도 있고, 반대로 소스나 조리법을 먼저 택한 후 거기에 들어가는 재료를 원하는 대로 고를 수도 있다. 그렇게 다양한 메뉴들을 구경하고 고르다가 발견했다. 레이디핑거lady finger. 오크라의 또 다른 이름인데, 이도 저도 생소하긴 마찬가지였다.

"이게 뭐야?"

"레이디핑거, 몰라? 안 먹어 봤어? 어디에선 오크라라고 부르더라."

"처음 들어 봤어. 채소야?"

"응, 정말 안 먹어 봤나 보네. 한번 먹어 보게 시키자."

이름도 참 이상했다. 채소 이름이 '여자 손가락'이라니. 뭔가 징그러운 느낌. 실제로 여자의 손가락을 닮아서 그런 이름이 붙었다 하는데, 아무리 봐도 이게 왜 여자 손가락을 연상시키는지 개인적으로는 이해가 안 된다.

R과 다른 친구들이 그 채소의 두 가지 이름이 어느 나라에서 각각 쓰이는지 얘기를 나누는데, 동남아시아는 물론 일본, 영국 등 다양한 문화권에서 많이 먹는 식재료구나 싶었다. 나는 지금도 새로운 음식을 잘 도전하는 편이다. 주위에 보면 새로운 것은 전혀 먹어 보려 하지 않

거나 겁내는 사람들도 있지 않은가. 그냥 성향의 차이겠지만, 난 비위도 좋은 편이라서 일단 도전은 한다. 이후 계속 먹는지 안 먹는지는 다른 이야기지만.

R이 골라 준 것은 가격이 저렴한 채소 메뉴였는데, 내 기억엔 동남아시아 음식에 흔히 쓰이는 새우 페이스트를 버무린 것으로 주문했던 것 같다. 그리고 잠시 뒤 나온 음식은 슈퍼에서도 본 기억이 없는 생김새로 초록 빛깔의 풋고추 같은 모양이지만 둥글지 않고 각이 진, 게다가 놀랍게도 표면에 솜털이 송송 나 있는 채소였다. 그 메뉴는 오크라를 통으로 사용하지 않고 큼지막하게 토막을 내서 통새우랑 볶아 나왔는데, 하얀 씨 같은 작은 알맹이가 안에 박혀 있는 정말 신기한 모양새였다.

"먹어 봐."

"이거 안 매워? 고추 같이 생겼어."

그리고 처음으로 맛 본 오크라. 먹어 본 사람은 알겠지만, 아삭하면서도 물컹한 두 가지 모순된 식감을 동시에 느낄 수 있다. 무엇보다 끈적끈적한 무언가가 있고. 이게 무슨 맛일까 생각하다 보면 하얗고 작은 알맹이가 오도독 씹힌다. 정말 신기한 식감. 매운 맛은 없고, 오히려 조금 고소한 맛이라고 해야 하나. 전체적인 느낌은 '쫀쫀한 맛'이라는 것. 그리고 그건 내가 정말 좋아하는 식감이다. 알고 보니 오크라 특유의 끈적끈적한 점액질이 입안에 느껴지는 맛이 싫다는 사람도 많은데, 난 그 맛이 참 좋았다.

"너무 맛있어. 태어나서 처음 보고 처음 먹어 봐."

사실 먹어 보진 않아도 슈퍼에서 본 적은 있는 그런 채소도 많은데, 난 그때까지 오크라라는 채소를 본 적도 없어서 얼마나 신기했는지 모른다. 알지 못하니 보이지도 않았던 건가. 아직 내가 모르는 식재료가 지구상에 무궁무진할 텐데, 왜 그리 오크라의 발견이 신기했는지. 이미 알고 있는 다른 재료와 비교할 수 있는 흔한 식감이 아니라서 더 그랬던 건지도 모르겠다. 난 그날도, 그 이후로도 오크라에 대해 계속 "서른이 넘어 처음으로 먹어 본 재료였어."라는 말을 몇 번이나 했는지 모른다. 오크라 말고도 서른 넘어 처음 먹어 본 식재료로 파스닙, 아티초크, 차요테 등 많은데.

그렇게 내 취향에 딱 맞는 식재료를 발견한 이후, 그동안은 눈에 보이지도 않던 오크라를 슈퍼 채소 코너에서 찾을 수 있었고, 나름 집에서도 내가 할 수 있는 요리인 한식으로 조리해 반찬으로 만들어 먹기도 했다. 쫑쫑 썬

오크라를 다진 양파, 다진 고기와 같이 간장 양념으로 휘리릭 볶기. 이렇게 먹으면 쌀밥과도 제법 잘 어울려서 좋은 반찬, 좋은 요리가 되었다. 여담이지만 이후 여러 군데에서 오크라를 구입해 봤는데 가장 신선하고 상태가 좋은 오크라는 차이나타운에서였다.

그리고 방학 때 한국에 들어와 있는 동안 식구들에게도 오크라의 맛을 보여 주고 싶어 찾아봤는데, 일반 슈퍼에서는 구할 수 없고, 인터넷에 고작 한두 군데 판매처가 있었다. 아마 그때로부터 몇 년이 지난 지금은 좀 더 오크라 판매처가 다양해졌을 것이다. 수입 식자재를 많이 파는 고급 슈퍼나 전문점에도 있을 것 같고.

최근에 오크라 요리를 먹은 것은 호텔 뷔페에서였다. 통오크라를 볶은 메뉴를 발견하고 얼마나 반가웠는지 모른다. 언제부터 있던 메뉴일까, 유학 전에도 갔던 뷔페인데 그때도 있었던 것을 내가 몰랐던 걸까? 모르겠지만, 그 맛이 그리웠던 나는 당연히 몇 번이나 덜어 먹었다.

나의 그리스식 디저트

그리스 과자. 뭔가 생소하다. 지금도 그 말 자체가 입에 잘 붙지 않는다. 한국에 돌아와서는 그리스 여행을 다녀오신 친정 엄마가 "뉴욕 너희 집에서 먹었던 거 생각나서 사 왔어."라며 작은 바클라바baklava 박스를 주셨을 때 빼고는 한 번도 보지 못했다. 어딘가에는 있겠지만.

그런 그리스 과자를 파는 곳, 포세이돈Poseidon. 어슬렁어슬렁 걸어 다니며 여기저기 동네 구경하기를 좋아했던 나와 남편은 우리가 살던 집 근처에서 그리스 과자점을 발견했다. 아마도 생선 가게를 찾아 가는 길에 처음 봤던 것 같다. 맨해튼에도 수산 시장까지는 아니더라도 생선만 모아 놓고 파는 그런 가게가 있지 않을까 싶어 검색해보니 집에서 멀지 않은 곳에 하나 있었다. 어릴 때 부산에서 살며 맡았던 냄새라 익숙해서인지 나는 수산물 비

린내를 꽤 좋아하는 편이다. 분명 비림에도 불구하고 낯
익고 좋다. 그에 비해 육고기 비린내는 못 참지만.

어쨌든 그렇게 찾게 된 생선 가게는 9번가와 41가가
만나는 지점에 위치했는데, 미드타운의 9번가는 헬스키
친 Hell's Kitchen이라 부르는 구역에 속하는 곳으로 자잘한
음식점들이 줄지어 있다. 그야말로 대부분이 식당일 정
도로 주르르륵 음식점들이 나란히 있는 곳이다. 세계의
온갖 음식들이 다 모여 있는 듯하다가 남쪽으로 내려갈
수록 와인 가게, 약국, 은행 등 조금씩 다른 가게들이 나
타난다. 그러다 42가쯤에서 맨해튼의 고속 터미널이라고
할 수 있는 포트 어쏘리티 Port Authority의 뒷문, 뒷문이라고
는 하지만 버스들이 드나드는 가장 복잡한 길을 만나면
서 거리 분위기가 바뀐다. 바로 그 바뀐 분위기의 시작점

에 생선 가게가 있었다.

신선한 생선을 싸게 구입할 수 있어 신난 우리는 주변 가게를 둘러보며 집으로 돌아오는 중, 파란색 간판의 파란색 띠가 둘러진 작은 가게를 보게 되었다. 가게 이름은 포세이돈. 뉴욕에 산다고 뉴욕의 모든 곳을 다 알지는 못한다. 대형 도시라면 어디에 살든 마찬가지 아닐까. 서울도, 런던도, 도쿄도. 그냥 수많은 가게 중 하나라고 생각하고 지나칠 수 있는데, 그날따라 사람들이 들락거리는 모습을 보고 뭘 하는 곳일까 궁금해서 얼른 핸드폰으로 검색해 보았다. 간판에도 작게 써 있던 "greek bakery", 그리스 빵집이라니.

그리스 음식점은 몇 번 가 본 적이 있지만 그리스 빵집은 새로웠다. 이미 지나쳐 왔으니 다음에 들러보자 하고, 정말 그 다음 번 생선 가게를 방문하던 때 들렀다. 처음 봤을 때와 달리 아무도 없이, 나와 남편만 덩그러니 손님으로 있던 상황. 빵인지 과자인지 생김새도 낯선 먹을거리와 어떻게 읽어야 맞는 건지 잘 모르겠던 이름들. 결국 푸근한 인상으로 손님을 맞던 할머니께 여쭤봤다. 벽에 걸린 사진들로 봐서 그곳은 아마도 가족이 운영하는 가게 같았는데 사장님뻘 되시는 듯했다. "우리 여기 처음인데, 뭘 먹어야 하나요?"

그때 추천 받은 것이 그리스 과자의 가장 '기본'이라는 바클라바와 할머니 사장님이 제일 좋아하신다는 피니키아finikia였다. 기름(아마도 올리브오일)과 꿀이 좔좔 흐르는 듯한 생김새의 과자들. 처음이라 맛이 상상도 가지 않았던지라 바클라바 하나, 피니키아 하나, 그리고 시금치 파이라고 할 수 있는 스파나코피타spanakopita를 하나씩 샀다. 하얀 종이에 하나씩 싸 주신 찐득한 과자들. 그 맛이 궁금해서 얼른 집에 와 남편과 나눠 먹었는데, 생긴 것과 달리 느끼하지 않고 너무 달지도 않고 어찌나 맛있던지. 그때 스파나코피타를 오븐 몇 도에 몇 분간 구워 따뜻하게 먹어야 맛있는지도 듣고 핸드폰에 적어 왔던 게 생각난다. 그대로 따라했음은 물론이고.

이후로는 첫날 사 먹어 보지 못한 다른 것들, 과일로 속을 채운 각종 스트루델strudel, 갈고 부순 피스타치오가 꽉 찬 아팔리afali까지 참 골고루 사먹었다. 그리고 남편과 진심으로 좋아했던 기억이 난다. 맨해튼에 살면서 남들이 좋다하는 유명한 가게들만 골라 다니는 게 아니라 뭔가 우린만의 동네 속 작은 맛집을 찾았다는 기쁨이 참 컸다. 주변 사람들에게 이런 곳이 있다고 알려 주기도 했

고. 예쁘고 깔끔하고, 소위 말하는 뉴욕의 '핫 플레이스'
와는 한참 거리가 멀었지만, 이런 곳에서 간식거리를 사
먹으며 뉴욕 거리를 걷는 것도 재미 아닐까 싶어 관광 온
친구들에게도 알려 줬다. 뭐 나중에 알고 보니 바클라바
는 그리스만의 것이 아닌 터키나 중동 지역의 요리이자
디저트라는 것을 알게 됐지만, 우리에게는 여전히 그저
그리스식 디저트로 인식된다. 기름과 꿀로 촉촉한 쿠키
같은 어떤 것.

지금도 남편과 자주 얘기하곤 하지만 뉴욕에 살면서
좋았던 점 중 하나는 세계의 다양한 음식을 '쉽게' 먹었
다는 것이다. 그것도 그다지 비싸지 않게, (아마도) 현지
에서 온, 이민자의 솜씨로. 그리스식 디저트는 물론 에티
오피아, 모로코, 터키, 폴란드, 페루, 쿠바, 동남아 여러
나라들의 음식들을 즐겼다. 뉴욕에서도 어느 구역에 가
면 어느 나라 음식점이 모여 있고, 어딜 가야 무슨 음식
을 먹을 수 있다는 말이 있기도 하지만 대체적으로 모두
접근이 어렵지 않다. 그에 비해 한국에서는 몇몇 나라의
음식을 제외하고는 타국 음식을 파는 식당을 찾기도 어
렵고 제법 비싸다. 그도 그럴 것이 뉴욕은 워낙 전 세계
여기저기의 사람들이 모여 있는 도시이니 당연히 식당도

많고 가격도 저렴할 만도 하지 하고 고개가 끄덕여진다.

그렇게 다양한 음식을 먹으면 그만큼 다양한 문화들에 대해 덜 폐쇄적이게 될까? 글쎄. 나로서는 그럴 수도 그렇지 않을 수도 있다는 우답만 내놓게 된다. 먹는 음식만큼 사람의 성향을 잘 보여 주는 것도 없다 생각하면 다양성이 존중 받고 인정받아야 마땅한 뉴욕이지만, 내가 만난 뉴요커들이 모두 그런 것은 아니었으니까. 사실 내가 먹어 본 여러 나라의 음식들은 내가 현지 나라에서 먹어 본 것이 아니었으니 그 또한 '정통'이 아닌 게 많을 수도 있다. 그리 생각하면 나도 온통 '뉴욕화'된 음식만 먹고 다양성 타령을 하고 있는 거니 우스워진다.

그나저나 그 가게의 할머니 사장님은 여전히 안녕하실까 궁금하다. 연세가 제법 많으셨는데. 가게를 추억하니 바클라바와 피니키아의 맛이 입안에 떠오른다.

백 년 된 뉴욕의 지하철

2012년에 미국 동부에 닥친 허리케인 샌디 이후 인터넷 상에 루머 같은 사진이 나돈 적이 있다. 샌디의 심각성을 과장한 사진들이었는데, 실제로 샌디가 입힌 피해가 대단하긴 했지만 몇몇 경우 합성된 사진이 마치 진짜인 양 퍼졌다.

그중 한 유명한 사진은 당시 피해를 입은 맨해튼 남쪽 구역의 어느 지하철역이 완전히 물에 잠겨 버렸고, 그 안에서 한 잠수부가 현장 조사를 하는 듯한 모습이 찍힌 것이었다. 비슷하게 여러 버전이 있다. 사실, 그 당시 남쪽의 많은 구역이 샌디가 가져온 홍수로 심각한 물난리를 겪었다. 지하철역은 물론 지하 주차장도 침수된 곳이 많아 한동안 펌프로 물을 퍼내는 광경이 곳곳에서 보였고, 많은 공공시설들이 잠시 서비스를 중단해야만 했으니까. 지하철도 마찬가지라서 피해가 심각했던 몇몇 라인과 역사는 짧게는 몇 주, 길게는 몇 달 동안 운행이 중단되거나 폐쇄돼야만 했다. 심한 곳은 선로 부분은 물론 승강장까지도 물이 차올랐으니 정말 대단한 홍수이기는 했다. 그런 곳들은 미디어를 통해 이미 많이 노출되어서 쉽게 사진으로도 확인 가능하다.

그럼에도 불구하고 저 잠수부가 있던 사진은 첫눈에 "아 이건 가짜네."라고 판별이 가능했다. 물이 적당히 차오른 게 아니라 너무 꽉 차서? 합성 중 디테일을 놓쳐서? 모두 아니다. 정답은 "너무 깨끗해서!"이다. 정말로 지하철역에 그렇게 물이 많이 들어찼다면, 사진에서 보이듯이 내부가 선명하게 보이고 깨끗할 리가 없었다. 적어도 뉴욕 지하철은 그렇다. 뉴욕에서 지하철을 한 번이라도 타 본 사람은 "맞네."라며 공감할 것이다. 어찌나 선로 위에 쓰레기가 많고 기둥이나 천장 등에 찌든 때가 두껍게 쌓여 있는지. 게다가 열차를 기다리는 동안 웬만해선 한두 마리의 쥐를 안 보기도 힘들 정도로 쥐도 많다. 정말이지 쥐가 승강장 위를 다니는 것만 안 봐도 다행일 정도이다.

뉴욕의 지하철은 역사가 깊다. 첫 지하철의 등장으로부터 이미 한 세기가 넘는 시간이 흘렀으니 대부분의 지하철 라인은 정말 '오래된 길'을 따라 달리는 셈이다. 초창기와 달리 노선이 조금씩 변경되며 새로 뚫고 정비된 곳도 있지만 대부분이 예전 그대로의 길을 따르고 있다고 들었다. 게다가 심야 시간엔 열차 운행 간격이 넓고 정차하는 역의 수도 축소되지만, 어쨌든 24시간 운행을 원칙으로 가동되고 있으니 100년이 넘는 시간을 쉬지 않고 뉴욕 시민들의 발이 되고 있는 형편이다.

그러니 얼마나 낡고 노후하였을까. 선로와 열차를 늘 정비하고 고장을 수리한다 해도 그 자체가 참 나이 든 시스템인 것이다. 그렇다고 더러운 것이 이해되는 것은 아니다. 아무리 오래됐어도 이렇게까지 될 수 있을까 싶을 정도로 더럽긴 하다. 그래서 뉴욕의 지하철은 주머니 사정이 좋지 않은 서민들을 위한 서비스라서 최소한의 손이 가는 정도로만 '방치'된다고 얘기되기도 한다. 너무 비용이 많이 들어서 엄두를 내지 못하는 것인지, 아니면 이 정도면 됐지 하고 생각하는 것인지 궁금할 정도로 청결에 무신경해 보인다. 솔직히 지하철만 청결에 무심한 것은 아니라 후자 쪽으로 생각이 더 기운다.

'불결한' 상황은 여름에 더 악화된다. 뉴욕의 여름 지하철은 정말 편치 않은 공간으로 변한다. 일단 승강장은

2장·낯선 도시에서 사랑하게 된 것들

아무런 냉방장치가 없어 그야말로 찜통이 따로 없다. 환기구가 있다고는 하나 공기가 잘 통하지 않아 답답하기 그지없다. 그 덕에 많은 사람들이 그나마 공기가 들어오는 출입구 부근에 빼곡히 몰려서서 열차를 기다린다. 승객에 대한 배려 따위는 조금도 없는 뉴욕 지하철의 승강장. 그러다 시원한 에어컨이 나오는 열차를 타면 그나마 다행이다. 때때로 붐비는 열차가 들어오는 중에 앉을 자리가 많이 남은 채 들어오는 칸이 보일 때가 있는데 그건 십중팔구 에어컨이 고장 난 경우이다. 후다닥 들어가 좌석에 앉으려는 찰나, 아니 문이 열려 들어가자마자 깨닫게 된다. 아뿔싸, 이거 잘못 탔네. 재빨리 다음 칸으로 옮길 수 있으면 다행이지만 그렇지 못하면 다음 역에 도착할 때까지 숨을 헐떡거리며 찜통더위를 참아야 한다. 그렇게 에어컨이 고장 난 세 칸이 연달아 있는 최악의 열차를 탄 적이 있다. 첫아이 임신 중에 탔던 레드 라인이었는데, 정말 땀을 삐질삐질 흘리며 옮겨 타야 했다. 그렇게 열악한 환경의 시설이 바로 뉴욕 지하철이다.

그래서 여름엔 좀 오래 걸리더라도 바쁘지 않으면 지하철 대신 버스 타는 것을 훨씬 더 선호했다. 한국처럼 출입구에 에스컬레이터가 있는 경우도 드물어 계단을 오

르내리다 보면 이미 땀이 송골송골 맺히는데 승강장에서 몇 분을 기다려야 할지 모르니 지하철을 타기 싫었다. '한국은 이제 역마다 스크린도어 설치로 승강장도 쾌적하단 말이다!'라고 속으로 몇 번을 외쳤는지. 왜 돈도 많은 부자 도시가 이렇게 지하철 시스템이 열악할까 의문이었다.

뉴욕과 뉴저지 사이를 오가는 패스도 사정은 마찬가지이다. 언뜻 보기엔 적당히 깨끗해 보여도 열차 안 벽을 따라 바퀴벌레가 오가는 걸 본 뒤 앉았을 때 뒤로 기대는 것조차 편치 않아졌다. 이런 모습을 하도 봤으니 잠수부가 있는 '푸른 물' 사진이 어떻게 믿겨지겠는가.

거기에 지하철에서 스마트폰을 사용할 때면 데이터 통신 상태가 불량한 것은 물론 통화나 문자 자체도 터지지 않을 때가 많으니 장거리 혹은 장시간 지하철 탑승 시엔 외부 세계와 단절된다 생각해야 한다. 뭐 요즘은 조금씩 역마다 와이파이가 터지도록 개선되고 있다고는 들었다. 그야말로 탑승 전, 하차 후 약속 시간과 장소를 재차 확인해야 하는 것이 필수 절차이다. 갑작스레 약속 시간이나 장소를 변경해야 할 경우 상대방이 지하철을 타서 연락이 안 되면 답답함에 발을 동동 구르는 수밖에 없었다.

그에 비해 한국에서는 지하철에서 통화는 물론 얼마나 인터넷도 잘 터지는가. 생각해 보니 뉴욕은 일반 건물의 지하에서도 통화가 안 터지는 경우가 비일비재하다.

그 밖에도 놀랍도록 아날로그적인 부분이 또 있다. 열차마다 중간 칸에 승무원이 함께 탑승하여 매 정거장마다 문을 열고 닫는 일을 한다. 물론 한국의 지하철도 승무원이 확인하며 출입문을 개폐하지만 모니터로 확인하며 조작하지, 뉴욕 지하철처럼 중간 칸의 승무원이 창밖으로 상체를 쑤욱 내밀며 타고 내리는 승객을 육안으로 확인하고 출입문을 여닫지는 않는다.

한 지인은 뉴욕에서 몇 년을 지냈고, 귀국 후에도 수십 차례 그 도시를 방문하면서도 지하철을 타지 않는다 했다. 오래된 시설이고, 게다가 지하에 있어 언제 무슨 일이 날지 알 수 없어 믿을 수 없다는 것이었다. 뭐 이해 못 할 바는 아니다. 고장 나서 정비해야 한다고 열차가 갑작스레 지연되는 일도 비일비재했고, 위로는 하루가 멀다 하고 서로 더 높이 지으려 경쟁하듯 들어서는 마천루들을 떠받치는데 지하의 백 년 전 시스템이 잘 버텨 줄까 걱정되기도 했으니 말이다. 또 동시에 그렇게 못 탈 정도인가 싶기도 했다. 그래도 뉴욕의 꽉 막힌 교통 체증을

피하려면 지하철이 가장 빠른 수단임엔 확실했으니까(가
장 저렴한지는 의문이지만). 지하철을 이용할 때는 늘 변수
가 많아 뉴욕의 대중교통을 관리하는 MTA 홈페이지에
들어가서 수시로 확인해야 했다. 그러고 보면 난 그다지
애국자가 아님에도 불구하고 "이건 역시 한국이지!" 하
고 어깨가 으쓱해지는 시스템 중 하나가 지하철이 아닐
까 싶다.

휘트니 미술관

유학 시절 마음이 얇아질 때면 미술관에 찾아가 전시회를 보고 마음이 다시 풍성해져 돌아올 수 있었다. 미술관이 내게 그러했듯이 누군가에는 야구장이, 공원이, 펍이, 혹은 그 무언가가 그런 역할을 했을 것이다. 미술관은 내게 그나마 마음 편히 다닐 수 있는 문턱이 낮은 문화 공간인 것 같다. 물론 그것은 부모님의 영향이 크다.

　우리 부모님은 대학에서 미술을 전공하시고 계속 미술 관련 직종에 종사하셨다. 덕분에 어릴 때부터 미술관과 박물관을 참 많이 들락거렸다. 지금은 철거된 예전 조선 총독부 건물이 국립중앙박물관이던 시절, 상아색의 엄청나게 넓은 손잡이가 달린 대리석 계단을 뛰어다니며 전시를 보던 기억도 생생하고, 꼬꼬마 시절부터 엄마 손 잡고 인사동을 다니며 인사동 가게에 걸려 있는 대형 붓을 보고 신기하면서도 무서워했던 기억도 남아 있다. 어디

2장 · 낯선 도시에서 사랑하게 된 것들

전시장에 가면 누구 아저씨, 어느 아줌마라고 부르던 사람들이 다 나름의 미술가였으니 어찌 보면 어릴 때부터 미술이라는 환경에 많이 노출되었던 셈이다.

그런 내가 석사 시절 미술사를 공부하게 되었을 때는 전시를 보는 것이 숙제처럼 느껴져서 미술관을 가는 것이 마냥 편하지는 않다가, 졸업 후 그 미술사라는 틀에서 조금 멀어지다 보니 오히려 미술관이라는 공간이 다시 마음 편하게 다가왔다.

내가 뉴욕에서 제일 좋아하는 미술관은 휘트니 미술관Whitney Museum of American Art이다. 미술관의 정식 명칭처럼 현대 미국 미술을 보려면 모마MOMA보다는 휘트니를 가야 한다. 내가 휘트니를 좋아하는 것은 특별히 미국 미술을 좋아하기 때문은 아니다. 뭐 미국 미술 특화 미술관이라는, 나름 정체성이 분명하면서도 전시 자체도 매번 지루하지 않게 구성한다는 점도 물론 좋긴 하다. 그렇지만 그보다는 그 공간을 좋아했다. 현재는 미트패킹Meatpacking 구역에 으리으리하게 새 건물로 들어서서 그 위용을 자랑하지만, 사실 몇 해 전까지만 해도 휘트니 미술관은 어퍼이스트Upper East Side에 그리 크지 않지만 특색 있는 모습

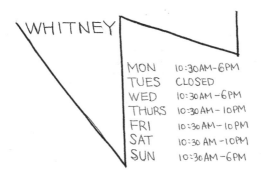

WHITNEY

MON	10:30AM-6PM
TUES	CLOSED
WED	10:30AM-6PM
THURS	10:30AM-10PM
FRI	10:30AM-10PM
SAT	10:30AM-10PM
SUN	10:30AM-6PM

의 건물로 있었다. '그리 크지 않다'는 것은 메트Metropolitan Museum of Art나 모마 같은 초대형 미술관에 비해서 그렇다는 것이지 그것도 작은 곳은 아니었지만.

서울의 미술관으로 치면 덕수궁 미술관 같은 느낌이랄까. 국립현대미술관 서울관이나 과천관이 주는 '정말 크다'는 느낌에 비해 덕수궁 미술관은 전시를 보러 감에 있어 부담이 덜하다. 일단 크기 자체가 한 바퀴 둘러보는데 힘들지 않고 집중력을 잃지 않을 수 있기 때문이다. 어퍼이스트의 휘트니 미술관 역시 그런 느낌이었다. 전시를 관람함에 있어 '아 좀 힘드네.'라는 생각이 들기 전에 가뿐히 보고 나올 수 있는 곳이다.

그에 비해 2015년에 새로 이사 간 곳은 확실히 커지긴 했다. 이전보다 관람객도 엄청나게 많아지고, 덕분에 그 주변 상권도 바꿔 놓았으니. 새로운 휘트니 미술관은 한국으로 돌아오기 전에 두세 번 다녀온 것 같다. 이사 후 개관전을 오래 해서 계속 같은 전시만 봤는데, 워낙 잘 구성된 전시라 여러 번 봐도 좋았다. 처음부터 휘트니 미술관이 이 위치에 이런 크기로 있었다 해도 내가 가장 좋아하는 미술관이었을까 싶지만 정이란 게 무서운 건지 옮겨 간 곳도 마음에 든다. 나한테 해 준 것 하나 없는 곳인데 뭐가 그리 좋은지.

아, 그러고 보니 엔와이유 학생은 학교에서 운영하는 museum gateway라는 프로그램이 있어 뉴욕 내 많은 미술관을 무료로 관람할 수 있다. 미술관마다 무료 티켓을 주는 장수는 다른데, 휘트니 미술관의 경우 유효한 엔와이유 학생증을 제시하면 본인 이외에도 두세 장 더 무료 티켓을 준다. 분명 장수가 정해져 있을 텐데, 갈 때마다 티켓 창구 직원이 다르게 얘기해서 두 장인지 세 장인지는 정확하지 않다. 일반 성인 티켓 가격이 $25에, 학생은 할인해서 $18이지만, 완전히 무료로 입장할 수 있으니 얼마나 좋은지. 게다가 동반자도 티켓을 얻을 수 있으니 남편과 가기에도 좋았다. 그래, 그래서 더 좋았나 보다.

사실 서울에도 미술관이 적은 것은 아니다. 예전에 비해 전시를 즐기는 사람들이 많아지기도 했고, 수준 높고 다양한 특색을 갖춘 갤러리들도 많아졌다. 그럼에도 불구하고 아직까지 많은 대중들에게 있어 전시 관람은 '하루 날 잡고 가는 일'로 느껴지는 것 같다. 입장료가 엄청 비싼 것도 아니고, 나름 시내에 위치한 경우가 많은데도 그렇다.

곰곰이 생각해 봐도 확실히 주위 미술 관련 종사자를 제외한 친구들이 미술관에 간다고, 전시 보러 간다고 하는 경우는 그리 많지 않은 것 같다. 소위 말하는 블럭버스터 전시나 해외 유명 작품 한두 점이 포함된 전시를 제외하면 일반적인 여가 문화에서 여전히 변두리를 차지하는 전시 관람. 간단히 생각해 봐도 주말에 기회가 생기면 영화 관람을 하거나 카페에서 친구들과 만나 수다 떠는 것은 쉽게 생각해도 전시를 보러 가는 일은 훨씬 덜 하지 않나.

영화를 보는 것보다 전시를 보는 게 더 생산적인 것이라 그렇지 못한 상황이 안타깝다는 말이 결코 아니다. 그저 아직 일반적으로 전시 관람을 잘 찾아가지는 않으면서 왜 외국의 수준 높은 전시 문화, 낮은 미술관 벽을 부러워만 할까 아쉬울 뿐이다. 그저 여가 문화의 차이로 이해해야 하는 걸까. 물론 이전에 비하면 전시 관람을 훨씬 편하고 쉽게 생각하는 사람들이 많아졌다 생각한다.

지난 6월, 잠시 뉴욕을 방문할 기회가 있었는데 안타깝게도 이제 휘트니 미술관에서도 엔와이유 학생증 소지자 본인만 무료 관람이 가능한 것으로 바뀌어 있었다. 원래는 주위 엔와이유 학생증을 들고 있는 사람에게 가벼운 감사 인사를 전한 후 공짜 티켓을 얻어 볼 수 있다는 팁을 전하고 싶었는데, 정책이 바뀌었으니 이도 불가능해졌다. 아쉽지만 예술 관람에 투자한다 생각하고 티켓 구매 후 마음껏 즐기시길.

슈퍼마켓 투어

중학교 3학년에 올라가기 전 겨울방학이었던가, 한 달간 미국 서부의 작은 동네에서 진행된 영어 프로그램에 참가한 적이 있다. 현지인들의 집에서 함께 생활하며, 한 학교에서 영어 수업을 듣기도 하고 여기저기 놀러 다니기도 하는 그런 프로그램이었다. 풀브라이트 재단에서 장학금을 받았던 이들의 자녀를 대상으로 했던 영어 프로그램인데, 지금 생각해 보면 프로그램 자체도 잘 짜여 있었고 알게 모르게 한국과 다른 문화를 많이 접하게 된 좋은 시간이었던 것 같다.

학교에서 진행되는 일정 외에도 호스트 패밀리와의 시간도 특이한 경험이었다. 가족과 이역만리 떨어진 채 낯선 외국인의 집에서 생활하는 것이었으니. 내가 머물렀던 곳의 호스트 패밀리는 나름 길거리 장터나 구경거리가 있으면 데려가 주곤 했는데, 한번은 주말에 함께 월마트에 가게 됐다. 그냥 장을 보러 가는 길에 나와 룸메이트를 데려간 것이었을 텐데, 그때의 월마트 방문은 그 뒤로 제법 오랫동안 '충격적으로' 기억에 남았다. 어릴 적 부모님과 미국에서 지냈을 때 가 봤을 수 있지만 너무 어렸을 때라 전혀 기억에 없으니, 그때가 나로서는 그런 마트에 처음으로 방문한 셈이었다.

요즘에야 대도시에서 동네 슈퍼가 사라진다 말이 나올 만큼 '마트 문화'가 만연한 한국이지만 그때만 해도 그런 곳은 생소하기 짝이 없었다. 내가 어린 시절을 보낸 80년대와 90년대 초반에는 장을 보러 가는 곳은 동네 슈퍼 아니면 시장, 어쩌다 백화점 슈퍼가 전부였던 것 같다. '마트'라는 개념이 없었다. 사전적 정의를 내릴 필요는 없을지라도 일반적으로 체감하는 마트와 슈퍼의 차이를 뭐라고 해야 하나. 우리가 흔히 말하는 마트에 대한 개념은 '백화점처럼 고급이나 고가의 물건은 아니지만 하나의 공간에 생활에 필요한 물품이 모두 모여 있는 곳'쯤이라고 하면 되려나. 처음 한국에 도입되었을 때가 생각이 잘 나지 않을 정도로 마트는 이제 일상에서 익숙한 공간이지만, 초창기에는 정말이지 구경 가고 놀러 가는 그런 곳이었다. 지금처럼 '슈퍼를 대체하는 무엇'보다 좀 더 오락 혹은 여가적인 성격이 강했다고 생각한다.

아무튼 그런 마트를 미국에서 처음 접했을 땐 정말 이상한 곳이라고 여겨졌다. 특히나 그 나라는 땅이 넓다 보니 여러 층도 아닌 거대한 한 층짜리 건물에 모든 것이 모여 있는 구조였으니까. 한편에는 식료품이, 옆에는 온갖 약품들이, 또 조금 옆에는 의류나 장신구까지. 요즘 어린 세대들은 그게 너무 익숙하고 당연한 것이라 왜 이상한지 느끼지도 못할 것 같다. 하지만 그땐 백화점처럼 가게나 구역이 나누어진 것도 아닌데, 한쪽에 과일과 채소가 있고, 저쪽엔 아이 장난감이 있는 구조가 정말 신기하고 웃겨 보였다.

요즘 한국에서 슈퍼라 하면 '살아남은' 동네 슈퍼와 대형 마트형 슈퍼로 양분화되는 것 같다. 지역의 동네 슈퍼마저도 대기업이 운영하는 체인점 식의 소형 슈퍼로 바뀌는 경우가 많다. 아직 재래시장이 남아 있는 지역은 지역 슈퍼가 그나마 좀 보이긴 하지만.

내가 마트의 고수가 아니기에 모르는 것일 수도 있지만, 적어도 한국의 마트형 슈퍼는 그것을 운영하는 주체가 다를 뿐 각각의 특색이 크다고 느껴지지는 않는다. 차이점이라면 제휴 카드가 다를 테고, 자체 브랜드 상품인

pb 상품이 다른 정도 아닐까. 구경하는 재미가 있는 곳이라는 점에서는 비슷할지언정 어디가 더 고급이고 어디가 더 대중적이라든가, 어떤 상품은 어디로 가는 게 더 좋다든가 하는 얘기는 잘 들어 보지 못했다. 그냥 구별되지 않는 '마트' 그 자체가 한국의 슈퍼 문화로 자리를 잡은 느낌이랄까.

그에 비해 뉴욕의 슈퍼는 운영 주체가 다른 몇 개의 브랜드가 있다는 점은 비슷하지만 더 각각의 특색을 가진다. 미국은 워낙 큰 나라이니 지역마다 슈퍼의 특색도 다를 것이다. 특히나 뉴욕은 미국 사람들에게도 상당히 '안 미국적인' 도시이다 보니 내가 미국의 대표적인 슈퍼 이야기를 할 수는 없을 것 같다. 그저 뉴욕의 슈퍼에 대해서만 조금 끼적거릴 수 있을 뿐이다.

사실 한국으로 돌아와서 일상생활 중 많이 생각나고 그리운 곳을 꼽으라면 그건 단연코 뉴욕의 슈퍼들이다. "웬 슈퍼?" 하는 이들도 있을 테고 "그렇지, 역시 슈퍼지." 하는 사람도 있을 테다. 개인적으로 외국에 나가서 한국과 가장 달라 흥미롭게 느껴지는 구경거리 중 하나가 시장이나 슈퍼라 생각한다. 그야말로 그 지역의 먹거리를 포함한, 전체는 아닐지언정 전반적인 생활문화를 엿볼 수 있는 한 장소 아닐까. 이 사람들의 생활에선 무엇이 중요한지, 자주 먹는 음식은 무엇인지, 어떤 소비 생활을 하며 지내는지 등 많은 것을 보고 알고 배울 수 있는 곳. 이를테면 중국에서 처음으로 한 마트에 갔을 땐, 이게 가정집에서 쓰는 용도로 파는 게 맞나 할 정도로 거대한 용기에 식용유를 담아 파는 것을 보고 정말 놀란 기억이 있고, 스페인 바르셀로나의 한 슈퍼마켓에서는 꽤나 많은 종류의 멸균우유는 있는데 냉장 생우유를 찾기 힘들어 이게 뭔가 했던 기억이 있다. 익숙한 모습과 다른 것에서 오는 생경함과 신선함. 이런 것이 낯선 곳으로의 여행이 주는 즐거움 중 하나일 테다.

일단 뉴욕도 슈퍼마켓 브랜드가 다양하다. 한국과 비교했을 때 '동네 슈퍼'나 '지역 슈퍼'에 해당하는, 작게 단독으로 있는 것을 제외하고 체인으로 있는 슈퍼마켓 중 내가 가 본 곳만 해도 홀푸즈 마켓Whole Foods Market, 푸드 엠포리엄Food Emporium, 씨타렐라Citarella Gourmet Market, 트레이더 조스Trader Joe's, 웨스트사이드 마켓Westside Market, 가든 오브 에덴Garden of Eden, 어쏘시에이티드 슈퍼마켓 Associated Supermarket 등이다. 적어 놓고 보니 그리 크지도 않은 곳에 슈퍼마켓 체인도 참 다양하다 싶다. 여기에 내가

2장 · 낯선 도시에서 사랑하게 된 것들

모르는 체인 브랜드도 더 있을 테고, 크고 작은 규모의 단독 슈퍼마켓은 더 많으니, 슈퍼마켓 투어만 해도 며칠은 걸릴 듯하다. 말 나온 김에 다음에 한번?

이 많은 슈퍼마켓들은 브랜드별로 성격이 조금씩 다르다. 장을 볼 땐 집과 얼마나 가까운 곳에 위치하고 있는지도 중요하긴 했지만, 급하지 않을 땐 늘 가게 되는 곳으로 찾아가게 된다. 이를테면, 내가 3, 4년 차에 살던 집들에서 가장 가까운 슈퍼마켓 체인은 푸드 엠포리엄이었다. 뉴욕은 식수로 수돗물을 그대로 마시기도 하고, 수돗물을 브리타 등으로 한 번 걸러서 그냥 마시기도 하지만, 학교를 오갈 때 가지고 다닐 용도로나 임신 중의 식수로는 생수를 사 마시는 일이 잦았다. 500ml짜리 생수가 들고 다니기에 편해 애용했는데, 그 사이즈는 24팩을 묶음으로 파는 것을 사는 게 가장 쌌다. 운반하기에도 제일 편했고. 그러니 생수를 사기 위해서는 내가 '덜덜이'라고 부르던 접이식 카트를 끌고 집에서 가장 가까운 푸드 엠포리엄을 이용했다. 늘 사 마시는 생수를 가장 싸게 파는 곳이기도 했으니까.

뉴욕에서 가장 흔하게 보는 생수 브랜드 중 폴란드 스프링Poland Spring이라는 것이 있는데, 여행객들에게도 친숙한 브랜드일 것이다. 맨해튼 슈퍼마켓에서 대량으로 사면 500ml 한 병에 보통 3, 40센트면 살 수 있고 한 병만 따로 사도 1불을 넘지 않지만, 5번가 같은 여행객들 많은 관광지의 노점상에서는 한 병에 3, 4불씩 받는 생수. 그 가격을 알기에 아무리 목이 말라도 뉴욕 사는 사람들은 절대 노점상에서 그 돈 주고 안 사 마신다.

　푸드 엠포리엄은 제법 큰 슈퍼마켓이라서 이런저런 것들을 사긴 했지만, 과일과 채소가 썩 신선하지 않아서 급할 때 빼고는 신선 식품을 사지 않는 곳이었다.

　신선 식품의 강자는 뭐니 뭐니 해도 홀푸즈 마켓이다. 14가의 유니언스퀘어Union Square나, 59가의 콜럼버스 써클 Columbus Circle같은 관광객들도 자주 오가는 곳에 큰 지점이 있어 한국의 미디어나 관광 책자에도 많이 노출된 곳. 홀푸즈 마켓은 신선 식품의 천국이다. 정말 질 좋은 과일과 채소가 그득그득 쌓여 있다. 특히나 유기농 제품을 따지는 사람들이 굉장히 선호하는 곳이기도 하다. 모든 과일, 채소가 다 유기농인 것은 아니어서 골라 살 수도 있다. 뭔가 연계되는 농장이 있는 것인지 확실히 신선도와 질이 좋다. 게다가 늘 비싼 것만도 아니어서 앞서 말한 푸드 엠포리엄에서 그 가격 주고 그런 질의 과일을 사느니

발품 팔아 홀푸즈 마켓을 가야지 하는 생각이 절로 들게 한다. 육고기도 다양한 부위로 살 수 있고, 항상은 아니지만 돼지 뱃살, 그러니까 삼겹살을 통으로 팔아 자주 사다 구워 먹기도 했다. 미국 슈퍼마켓에서 생삼겹살을 사다 먹을 수 있는 것만 해도 얼마나 좋은지. 삼겹살이 먹고 싶다고 한인 마트를 가도, 맨해튼의 한인 마트에서는 주로 냉동으로만 판다. 유제품이나 냉동식품 종류도 다양하고, 무엇보다 대부분의 지점에 큰 규모의 델리deli(슈퍼마켓 안에 간단하게 음식을 파는 구역)가 같이 있어 밥하기 싫을 때나 간단히 먹고 싶을 때 자주 애용할 수 있다. 한국에서 여행 오는 지인들에게 한 끼 적당히 때우고 화장실도 이용할 수 있는 곳으로 홀푸즈 마켓을 여러 번 추천하기도 했다. 다 좋은 것 같아도 역시 아쉬운 점은 가격. 비슷한 개수로 장을 봐도 홀푸즈 마켓에서는 다른 곳에서 장 볼 때와 지출 차이가 많이 난다.

씨타렐라는 맨해튼에 세 군데 정도 있는데, 나는 2년 차에 뉴저지에 살 때 주로 가게 된 곳이다. 지점 한 곳이 뉴저지로 가는 패스를 타는 출입구 근처에 있어 집에 가는 길에 들러 몇 번 장을 보곤 했다. 사실 뉴욕의 웬만한 슈퍼마켓은 대부분 작은 규모라도 델리를 겸하는데, 이

곳 역시 작은 델리를 같이 운영했다. 내가 제일 애용한 것은 씨타렐라 자체 브랜드로 판매하던 생과일 주스였다. 계절 과일로 주스를 짜서 파는데 신선하고 맛도 좋았다. 슈퍼마켓 규모 자체가 아주 크진 않아서 공산품을 많이 산 기억은 없지만.

공산품 종류의 최강자는 트레이더 조스 아닐까. 홀푸즈 마켓도 pb 상품의 수가 제법 됐지만, 값이 저렴하면서 종류도 다양하게 pb 상품을 판매하는 곳은 트레이더 조스이다. 우유 등의 유제품, 시리얼과 과자, 냉동식품이나 통조림 같은 저장 식품, 견과류 등 식품류는 말할 것도 없고, 화장지, 생수 등 웬만한 상품이 모두 pb 상품이었다. 트레이더 조스의 가장 큰 특징은 '인간적인' 계산대 풍경이다. 홀푸즈 마켓의 경우 물건을 계산하려고 줄선 곳이 색깔로 구분되고, 그 앞의 대형 모니터에 무슨 색 줄이 몇 번 계산대로 갈지 번호가 뜨는 시스템이라면, 트레이더 조스의 경우엔 계산이 끝난 곳의 캐셔가 깃발을 흔들면 안내 직원이 구매자를 그리 가도록 안내를 해준다. 물론 맨해튼처럼 복잡한 곳이나 이렇지, 미국의 다른 도시나 지역의 트레이더 조스는 시스템이 또 다르기도 하다.

위에 적은 슈퍼마켓 브랜드들은 나름 타깃 고객층이 다 다르다 보니 그에 따라 위치한 장소도 다르다. 말하자면 슈퍼마켓에도 계층이 있다고 해야 하나. 조금만 생각해 보면 당연한 것이기도 하다. 맨해튼도 지역마다 평균 소득 수준이나 사람들의 직업군 등이 다르니, 소비하는 패턴도 다 다를 테니까. 이를테면, 조금 개발이 덜 되고 평균 소득수준이 낮은 사람들이 모인 지역은 홀푸즈 마켓을 가지 않아 그런 지역에는 다른 슈퍼마켓 체인이 더 발달하고 그런 식이다. 소득수준이 낮으면 상대적으로 더 비싼 유기농 제품을 골라 먹거나 하지 않으니 당연한 얘기인지도 모른다.

그렇다고 홀푸즈 마켓 종이봉투를 들고 있다고 '오오 부자로군!'이라 생각하라는 것은 아니다. 일반 슈퍼마켓임에도 타깃 고객층이 다르게 형성되어 있다는 점에서 한국의 마트로 대변되는 슈퍼와는 조금 다르게 보이지 않나 싶다. 또 잠시 생각해 보니 한국에도 '최고급' 또는 '최고가'의 슈퍼들이 등장했다는 게 떠올랐다. 주로 서울 강남 일대에서 볼 수 있는 고가 제품 위주의 몇몇 슈퍼들. 하지만 꼬집어 말하긴 힘들지만 홀푸즈 마켓이 나름 '고급'이라 해도 한국의 그런 '프리미엄' 마켓과는 달리

두 도시의 산책자

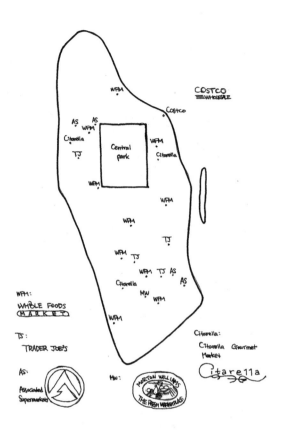

WFM:

WHOLE FOODS
MARKET

TJ:

TRADER JOE'S

AS:

Associated
Supermarkets

MW:

Citarella:

Citarella Gourmet
Market

좀 더 대중적이라고 해야 하나.

뉴욕에서 지내는 동안 정말 다양한 슈퍼마켓을 꾸준히 이용했다. 급하지 않으면 정말 위에 적은 것처럼 슈퍼를 골라서 장을 봤다. 좋은 과일과 삼겹살이 먹고 싶으면

2장·낯선 도시에서 사랑하게 된 것들

홀푸즈 마켓을 갔고, 샐러드용 통조림을 사려면 트레이더 조스를 갔고, 세제가 똑 떨어지면 온라인으로 구매해서 배송되기 전에 잠깐 쓸 용도로 학교 앞 모튼 윌리엄스 Morton Williams에 들러 적은 양을 사고 그런 식이었다.

이 밖에도 맨해튼 곳곳에서는 파머스 마켓farmer's market 같은 소규모의 장도 정기, 비정기적으로 서기도 해서 구경하는 재미도 쏠쏠하다. 일종의 '시장'인데 생각보다 가격이 결코 싸지 않아 처음엔 놀라기도 하지만, 대부분 생산자가 직접 좋은 품질의 농수산물, 가공품 등을 가지고 와 유통하는 것이라 신선도가 높고 개성이 강하기도 해 인기가 좋다. 헌데 짧은 여행 중에는 그다지 살 만한 것이 많지 않다는 것도 얘기해 두어야겠다. 과일이야 껍질을 깎아 먹는다 쳐도, 파머스 마켓에서는 주로 식재료를 많이 팔다 보니 부엌을 갖춘 곳을 숙소로 잡지 않은 한은 도통 음식을 해먹기가 만만치 않으니 말이다. 하긴 꼭 물건을 사야 하나, 그저 구경만으로도 재미있는 곳들인 것을.

나는 군밤파

얼마 전 친정집에 가니 간식으로 먹으라며 밤을 삶아 내주셨다. 제철을 맞아 통통히 살이 오른 밤이 잘 삶아져 맛있게 먹었다. 나는 소위 '군밤파'다. 아이에게 먹이기엔 삶은 밤이 부드러워 더 좋긴 하지만 평소엔 군밤을 더 좋아한다. 조리 방식에 따라 재료의 맛이 달라지는 게 어디 밤뿐일까만은 밤은 구웠을 때와 삶았을 때 향도 씹는 맛도 확연히 다르다. 딱 요맘때, 추워지는 시기에 맛있는 군밤. 그 단단한 껍질을 벗기고 다시 흐트러지는 속껍질까지 제거한 후 노란 속살만 꺼내 먹는 것이 귀찮기도 하지만 구웠을 때 더 달큰해지는, 물기가 빠져 조금 목이 메이기도 한 그 맛이 좋아 자꾸만 손이 가게 된다.

미국에도 체스트넛chestnut이라 불리는 한국에서 먹는 것과 같은 혹은 비슷한 밤이 있다. 한국에서 소량으로 팔

때 그렇듯 뉴욕 슈퍼마켓에서도 빨간 망태기에 밤을 넣어 파는 경우가 있다. 한국의 밤보다 조금 작은 그 밤은 저렴하고 흔하게 먹는 그런 견과류는 아니다. 견과류를 즐겨 먹어 어느 슈퍼에 가나 견과류 코너가 따로 마련되어 있고 그 종류도 다양한 미국이지만, 밤만큼은 겨울 한정 메뉴로 따로 모습을 보인다. 아주 즐겨 먹지는 않지만 매년 추워질 때쯤 빠지면 섭섭한 먹을거리인가 보다. 그러고 보면 딱히 미국 친구들이 군밤 먹는 모습을 직접 본 적은 없어서 어떻게 요리해 먹는지는 모르겠다. 우리처럼 구워도 먹고 파이에 넣어 먹기도 한다고는 들었지만.

미국의 밤 역시 짙은 갈색을 띤 모습인데 그 밤은 겉껍질만 살짝 만져 봐도 '어, 뭔가 좀 다르네.'라는 생각이 든다. 물기 머금고 살이 올라 통통한 한국의 밤과는 다른 생김새로 한 방향으로 주름이 많아 굉장히 쪼글쪼글하다. 그래도 맛은 비슷해서 꽤나 비싼 편이긴 했지만 몇 번 사다 오븐에 구워 먹곤 했다. 그 쪼글쪼글한 껍질을 까먹느라 시간이 좀 걸리긴 했지만 말이다. 연말에 뉴욕을 한 차례 방문하셨던 시부모님께도 밤을 구워 드렸더니 "애는 뭐 이리 주름이 많냐?"며 웃으셨다. 힘들게 껍질을 깐 것에 비해 알맹이는 작아 얄밉기도 한 녀석.

체스트넛은 차이나타운의 슈퍼에서도 판다. 조금 더 저렴했던 것으로 기억한다. 12월을 목전에 둔 지금 뉴욕 어느 슈퍼에서나 쉽게 보이기 시작하겠지. "Chestnuts roasting on an open fire" 연말이면 여기저기서 들려오는 'The Christmas song'의 첫 소절이다. 개인적으로 저스틴 팀버레이크가 부른 버전을 매우 좋아한다. 미국 사람들은 벽난로 속 군밤 익는 풍경을 굉장히 미국적인 풍경이라 생각하겠지.

내게 군밤 익는 풍경은 버스 정류장 혹은 지하철 출입구 계단 위에서 할머니들이 밤을 굽는 모습으로 떠오른다. 어린 시절, 아직 친정 엄마가 운전을 시작하시기 전에 엄마랑 어디를 다닐 때면 버스나 지하철을 타고 다니곤 했는데, 겨울이면 지하철 출입구 어귀에 할머니들이 줄지어 앉아 군밤을 굽고 계시곤 했다. 연탄불인지 난로불인지 모를 작은 화구에 철망을 놓고 구우셨는데 그 곁을 지날 때면 그 냄새의 유혹을 견딜 수가 없었다. 그 군밤 익는 냄새는 집에서 아무리 해도 흉내 낼 수 없는 냄새이다. 연말의 길거리 냄새, 연탄불 냄새가 모두 섞여서 만들어지는 그런 냄새라서 그런 건지. 게다가 어쩜 그렇게 밤을 잘 구우셨던지, 엄마에게 졸라 군밤 한 봉투를 사서 먹을라치면 쏘옥 알맹이만 잘도 빠져 나왔다. 연탄불의 효과인지 굽는 솜씨인지 그렇게 껍질이 잘 까지다니.

요즘은 완전히 사라진 풍경이다. 적어도 길거리 지하철 어귀에선 볼 수 없다. 한국식 버전의 "Chestnuts roasting on an open fire"였는데. 어느 시골 마을이나 시장터에서는 볼 수 있으려나. 그 연말 풍경이 조금 그립다.

두 도시의 산책자

뉴욕은 겨울이지

며칠 전 걸어가다 길을 건너려 횡단보도 앞에 멈춰 섰다. 신호등이 바뀌길 기다리며 주변을 둘러보니 바로 옆에 편의점이 있었다. 부쩍 추워진 날씨를 반영하듯 따뜻한 음료를 보관하는 온장고가 편의점 입구에 놓여 있었다. 슬쩍 보이는 그 안에 놓인 베지밀 유리병.

그걸 보니 한동안 잊고 있었는데, 연애하던 시절 겨울에 차를 타고 어딘가로 이동할 때 남편이 따뜻한 베지밀을 사서 쥐어 준 기억이 떠올랐다. 손 먼저 녹이라고. 아 맞다, 그런 일이 있었지. 한참 마셔 보지 못한 유리병에 담긴 따뜻한 베지밀.

말랑말랑한 기억을 떠올리다 보니 새삼 느끼지만 난 연말이 다가오고 날이 추워지면 괜히 설렌다. 딱히 연말이라고 늘 좋은 일이 있었던 것도 아니고 특별히 좋을 것도 없는데, 찬바람이 휙 불면 정신이 번쩍 드는 것과 동

2장·낯선 도시에서 사랑하게 된 것들

시에 마음이 콩닥거린다.

그렇지 않아도 최근 일하면서 진행한 프로젝트 때문에 몇몇 사람들과 추울 때나 12월 연말에 갖는 감정에 대해 이야기를 나눈 적이 있는데, 사람들마다 다 느끼는 바가 달랐다. 나 같이 설레고 말랑거리는 마음을 갖는 사람도 있지만 한없이 처지고 쓸쓸한 기분을 느끼는 사람도 있고, 우울함의 끝을 달리는 사람도 있었다. 어쩌다 차가운 공기가 나한테 설렘을 주게 됐는지는 모르겠다. 딱히 추웠던 어느 날 엄청난 이벤트가 있었던 것도 아니고, 좋은 기억이 다 겨울에 몰려 있는 것도 아닌데. 좀 더 어릴 땐 오히려 여름이 다가올 때 더 흥분했던 것 같은데 언제부터 바뀐 걸까.

유학 첫해부터 뉴욕의 겨울을 설레며 기다렸다. 첫 학기를 겨우, 정말 겨우 마무리했는데, 12월 학기 말이 되면서 들뜬 마음을 꾹꾹 눌러 가라앉히며 페이퍼를 썼던 기억이 있다. 그런 걸 보면 분명 유학 전부터 '겨울＝설렘'이라는 공식을 가졌던 것 같은데 대체 언제부터 그랬을까.

확실히 뉴욕의 겨울이 그런 설렘을 더 증폭시켜 주긴

했다. 많은 사람들이 12월, 혹은 겨울의 뉴욕에 대한 뭔지 모를 로망이 있지 않나. 입김이 하얗게 새어 나올 만큼 추운 날씨가 배경, 눈발이 조금 날려도 좋을 것 같다. 거기에 커다란 모자를 눌러쓰고 두툼한 장갑과 장화를 착용한 채 5번가의 거리를 걷는 것. 그리고 록펠러센터 앞 커다란 크리스마스트리를 보며, 올해 트리용 나무는 어느 주에서 온 어떤 나무인데 높이가 몇 피트라더라 얘기를 나누는 광경. 양손은 아니더라도 한 손에라도 예쁜 쇼핑백이 하나 들려 있다면 더욱 좋겠지. 뭐 어찌 보면 개인적인 로망이다.

몇 년간 뉴욕에서 지내고 학생으로 살면서 그 도시에 대한 '환상'이랄 건 없어졌지만, 여전히 뉴욕의 겨울은 설렘으로 다가온다. 서울보다는 훨씬 더 화려한 거리의 장식들, 소비의 도시답게 여기저기 연말 분위기를 물씬 풍기며 데려가 달라고 아우성치듯 디스플레이되어 있는 물건과 이미지들. 무언가를 사지 않아도 그냥 구경만으로도 즐거워지는 5번가 거리였다.

서울에서는 느낄 수 없는 정경이다. 부럽다고 생각하기 전에 그냥 서울엔 없는 모습. 왜 그럴까 생각해 보면 이유야 수두룩 나오겠지만 일단 물리적인 차이가 아닐까 싶다. 거리의 구조가 완전히 다르다. 온갖 상점들이 길가에 촘촘히 배열되어 있는 뉴욕 거리에 비해 서울은 차도가 그 흐름을 막고 있다. 막고 있다고 표현하면 좀 섭섭할지도 모르겠다. 일부러 그런 것도 아니고, 도시의 성격이나 문화 자체가 달라서 현재와 같은 모습을 띤 것이니. 뉴욕에서 걸어 다닐 때에 비해 서울이 좀 '심심하게' 느껴지는 것도 거리 구조에서 원인을 찾을 수 있지 않을까. 서울에선 걸어 다니며 상점을 구경할 수 있는 곳이 별로 없고 있다 해도 짧다.

남쪽 일부를 제외하곤 바둑판처럼 수직 수평으로 잘 짜여진 뉴욕의 애비뉴와 스트릿들. 지도를 보면 더 명확

하다. 구조가 간단하니 길을 찾기도 더 쉬워 그냥 걸어 다니기에 좋다. 그런 조밀한 짜임새이기에 거리 장식이 더 빛을 발하는지도 모르겠다. 상점들이 줄지어 있으니 그런 것들이 더 많아 보이기도 할 테고. 상점가 아닌 주택가도 집집

마다 크리스마스 장식을 하는 것이 한국보다 더 생활화 되어 있으니 반짝이는 것이 더 많이, 쉽게 보인다. 그러니 슬렁슬렁 거리를 걸어 다니며 보는 것만으로도 연말이 느껴지고 재미있다고 생각될 테다.

그러고 보니 한국 사람들보다 미국 사람들이 무슨 날, 기념일, 이벤트는 더 챙기는 것 같다. 일 년 내내 하나의 이벤트가 지나면 그 다음 것이 곧바로 등장한다. 이를테면, 10월 말 핼러윈을 위해 한참 준비를 하다가 핼러윈이 끝난 거리는 곧바로 추수 감사절 체제로 돌입한다. 추수 감사절이 끝나면 바로 그 다음 날 길거리엔 크리스마스트리용 나무 가판대가 곳곳에 등장한다. 정말 곧바로. 그나마 크리스마스와 새해는 비슷하게 가지만, 새해맞이 직후엔 밸런타인데이가, 그리고 부활절 등등 줄줄이 이어진다. 상업 공간들은 이런 이벤트들을 하나라도 놓치는 일이 없다. 아니 놓치기는커녕 조금도 늦지 않게 준비한다.

올해도 그렇게 준비되어 있을 뉴욕의 거리 장식들. 오전에 남편과 이야기를 하다 "우리 집은 크리스마스 장식을 마쳤는데, 아직 거리에선 아무 것도 안 느껴져."라며

2장·낯선 도시에서 사랑하게 된 것들

아쉬워했다. 원래 이렇게 썰렁했었나 싶을 만큼 동네에서는 조금도 연말 혹은 크리스마스 분위기를 느낄 수가 없다. 그래서 주말엔 시내라도 나가자 했다. 조금 추워도 좋으니 시내의 거리 장식을 보며 설렘을 다시 느껴 봐야겠다고.

두 도시의 산책자

추억은 냄새로 남는다

뉴욕의 첫인상이 나인스 라테로 남아 있듯이 내게는 많은 기억이 냄새와 연결되어 있다. 비단 나뿐만 아니라 많은 이들에게 기억은 후각과 이어지는 면이 많을 것이라 생각한다. '그런가?' 하고 갸우뚱하는 사람도 있겠지만, 잠깐만 생각해 봐도 어떤 장소를 냄새로 기억하게 되는 경우가 있을 것이다. 이를테면 오래 방문하지 않은 고향집이라든지 친정집을 갔을 때 맡게 되는 그 장소만의 특유한 향이라는 게 있다. 또 낯선 장소에서 문득 익숙한 향이 나면 "엇!" 하고 뒤돌아본 경험도 누구나 한 번쯤은 있지 않을까.

나는 냄새에 민감한 편이라 무언가를 냄새로 기억하는 경우가 더 많은 것 같다. 장소도, 사람도, 특별한 날이나 지나간 기억들도. 여기에는 단순히 '킁킁거리는' 후각은 물론 맛에 대한 것도 포함된다. 우리가 맛이라고 느끼는 것의 70%가 넘는 부분이 혀로 느끼는 미각보다 후각이 차지하고 있다 하니 당연할지도 모르겠다.

예를 들면 이런 거다. 적당히 찐득한 초콜릿 케이크를 떠올려 보자. 초콜릿 케이크도 농도에 따라 들어가는 부재료에 따라 그 맛이 제각각인데 그 모든 것을 말하는 것이 아닌 어떤 특정한 초콜릿 케이크이다. 여기서 "초콜릿 케이크가 다 그게 그거지."라고 한다면 내 글에 조금도 공감할 수 없을지 모르겠다. 설명할 방법은 없지만, 내가 말하는 초콜릿 케이크는 굉장히 '미국스러운' 맛을 가지고 있다. 대체적으로 좀 찐득한 편이지만 농도와는 상관없이 그 맛이 난다. 이 특정 초콜릿 케이크가 내 입에 들어가면, 나는 잘 기억하지도 못하는 두 살 무렵에 지냈던 미국을 '느끼게' 된다. 이건 순전히 내 어릴 적 경험과 그 기억 때문이다.

아버지 유학 때문에 뉴욕주 로체스터Rochester라는 도시에서 지냈을 때, 엄마가 만들어 주시던 초콜릿 케이크가 있었다. 지금 친정 엄마는 베이킹은커녕 살림에 'ㅅ' 만큼의 관심도 없는 분이시라 '엄마의 케이크'를 떠올리기란 쉽지 않지만, 그때는 작은 도시에서 무료하셨는지 케이크도 곧잘 구워 주셨다. 뭐 그만큼 그런 재료를 쉽게 구할 수 있는 곳이기도 했지만. 그때 먹은 바로 그 초콜릿 케이크가, 그 맛이, 그 냄새가 기억에 아직 남아 있어 내게 미국과 연결되는 셈이다. 그냥 "아 미국스러운 맛이네."가 아닌 내가 꼬꼬마 시절 경험한 바로 그 '미국의 맛'.

이쯤이면 "아, 나도 그런 음식 있는데!" 하는 사람이 있을 것 같다. 뭔가 특정한 그 맛이 불러일으키는 기억. 아주 명확한 기억이 아닐지라도 이전에 느끼던 어떤 감성이 생각나는 것. 음식이 아니더라도, 길을 가다 예전에 만나던 사람이 뿌리던 향수 냄새가 맡아지면 그 사람 생각나던 경험이 있지 않나.

때로 냄새가 던져 주는 기억은 예상치 못한 공격이 되기도 한다. 분명 어디선가 맡아본 냄새인데 바로 생각나지 않을 때의 그 답답함이란. 어쩌다 스쳐지나가는 냄새는 다시 떠올리기도 쉽지 않아 그냥 놓쳐버리는 기억이 되고 만다. '뭐였더라, 뭐였더라!' 발만 동동 구르다가 끝끝내 붙잡지 못하는 기억.

이처럼 냄새가 전해 주는 기억이라는 것, 같은 냄새를 맡아도 개개인이 느끼고 생각하고 떠올리는 기억은 다 다를 것이라는 게 참 재미있다. 기억을 간직한 냄새, 일종의 '기억 – 냄새'랄까. 뉴욕에서 지낼 때도 그런 기억 –

냄새가 차곡차곡 쌓여 갔다. 이를테면 패스역에서 나는 냄새. 패스를 몇 번 타고 오간 경험이 있는 사람이라면 이 대목에서 "맞아!" 혹은 "나도 알아!" 하고 소리를 쳐 줄 텐데. 뉴욕 지하철역과는 다른 패스역만의 특유한 냄새가 있는데, 나는 그 냄새를 맡으면 뉴저지에 살며 통학하던 때가 마구 떠오른다. 그 이전에 언니가 뉴저지에 살 때 방문했던 기억도. 그때의 막연한 느낌이랄까 감성이랄까 하는 것이 온몸으로 부딪혀 온다.

또 뉴욕 JFK 공항에서 나는 냄새도 있다. 나는 특히 입국 층보다 출국 층의 냄새가 더 기억에 남는다. 유학 중에는 '다시 뉴욕에 돌아왔다!'보다는 '드디어 한국 간다!'라는 생각이 더 기쁘고 설렌 기억으로 남아 그런가 보다.

학교 도서관이나 엔와이유 우리 과 건물 지하에 있던 박사방에서 나던 냄새도 있다. 특히 박사방 냄새는 지하라서 약간 큼큼한 냄새와 더불어 청소 때 쓰는 세제 냄새가 섞여 있는데, 이 냄새는 마냥 편안함을 주기보다는 교수와의 미팅 전 긴장감을 떠올리게 한다. 약간 시간 때우기 용으로 지내던 공간이라 그런가. 이렇듯 굉장히 많은 사람들이 함께 떠올릴 수 있는 냄새도, 나 혼자만 기억하는 냄새도, 결국은 개인의 기억과 연결되어 있다.

　이참에 뉴욕의 관광객들이라면 한 번씩은 꼭 갈 만한 장소의 냄새를 떠올리려니 잘 생각나지 않는다. 모마나 메트 특유의 냄새가 있으면 좋으련만 애석하게도 떠오르지를 않는다. 항상 같은 냄새여야 누구나 기억할 텐데 적어도 나에겐 그런 냄새가 남아 있지 않다. 어쩌면 또렷한 인상으로 남은 기억이 없어서 그 냄새가 내게 저장되어 있질 않나 보다.

　하긴 어쩌면 누구나 공감하는 것보다도 개인적인 기억과 연결되는 개인적인 냄새가 더 많이 남는 것 같다. 나는 어느 장소를 냄새로 기억하고 "아 이거 거기에서 나던 냄새잖아."라고 해도 상대방이 공감 못할 경우도 있고, 그 반대의 경우도 있다. 지인 중에는 교보문고 냄새를 너무 좋아해서 서점에 전화를 걸어 물어보기까지 했다는 사람도 있는데, 정작 나는 그곳 냄새가 뭔지 잘 기억나지 않는다.

　냄새로 각인되는 장소나 과거라니. 새삼 웃음이 난다. 내 일상이 좋은 기억으로 다가오도록 좋은 냄새를 많이 남겨야겠다는 생각도 든다. 아, 사람도 냄새로 기억되는 경우가 많다는 사실도 살짝 흘려 본다.

3장

/

눈치 보지 않고

나답게

브런치 맛집 찾는 법

누가 쓴 것인지, 어디에서 봤는지는 전혀 기억나지 않지만, 언젠가 꽤나 비판적인 태도로 '뉴욕 브런치'라는 것이 실은 바쁜 현지인들이 아침도 못 먹은 채 나와 일 하다가 늦은 시간 끼니를 챙기느라 생긴 것인데 한국에 이상하게 수입되어 마치 패셔너블한 것처럼 소개되고 있다고 비꼬는 글을 읽은 적이 있다.

흠, 글쎄. 시작은 그랬을지 몰라도 내가 관찰한 바로는 꼭 그렇지도 않다. 뉴욕 브런치 가게에서 직장인의 복장으로 평일 10시, 10시 반 언저리에 브런치를 먹는 사람들은 거의 못 봤으니까. 그보다는 직장을 나가지 않는 날이나 주말에 늦잠을 자고 느지막이 맛있는 것을 챙겨 먹으러 나오는 사람들이 많아 보였다. 오히려 바쁜 직장인들은 출근 후 한숨 돌린 후 푸드 트럭에서 테이크 아웃으로 음식을 받아 다시 바삐 회사로 들어가지, 식당에 앉아 있는 경우는 잘 보지 못했다. 실제로 푸드 트럭을 이용하는 직장인들은 미드타운의 6번가나 7번가에서 종종 보인다. 아니면 내가 가지 않는 일반 다이닝에서 허겁지겁 브런치를 먹을지도 모르겠다.

지금이야 한국에도 브런치를 제공하는 곳이 많아졌지만 한국의 브런치는 뭐랄까, 시간대로 특색 있는, 다시 말해 10시에서 11시 사이 아침breakfast도 아닌 점심lunch도 아닌 때에 그 '중간 시간대'의 식사를 할 수 있다는 뜻이라기보단 '저 먼 곳의 메뉴' 그 자체가 브런치와 동의어가 되는 것 같다. 그렇지 않은가. 유명한 브런치 가게는 팬케이크나 에그 베네딕트로 이름을 알리고 있지, 아침용 죽에 풍부한 반찬이나 점심식사라기엔 조금 모자란 듯한 한식 상차림 등이 나온다는 가게는 못 들어봤다. 물론 또 내가 모르는 한식 브런치를 제공하는 가게가 있을 수도 있지만.

어쨌든 뉴욕에서도 브런치는 일종의 '메뉴' 이름이 된 것 같은 느낌이다. 물론 시간대도 유효하긴 하다. 이를테면 대부분의 식당이 점심 식사로 이르면 11시 반, 일반적으로는 12시 전후로 문을 여는 것과 달리 브런치 가게는 10시 혹은 더 일찍부터 시작하기도 하니까. 브런치의 메뉴는 가게마다 조금씩 다르기도 하지만 대체적인 구성 자체는 비슷하다. 그 시간대에 먹는 음식이라는 게 있나 보다. 예를 들어 스테이크를 브런치로 제공하지는 않으니까. 또 브런치 메뉴를 점심으로는 먹어도 저녁에는 잘 먹지 않는 것도 있으니 정말 시간대별 음식이 있나 보다 싶다.

재미있는 건 뉴욕의 브런치 가게도 유행이 있다는 것이다. 사실 뉴욕만 그런가, 한국도 마찬가지이긴 하다. 어느 한 가게가 '와아아' 하면서 뜨다가 또 다른 가게로 그 인기가 넘어가기도 하니까. 그렇기에 뉴욕을 방문하면서 전통 있는 가게를 가 볼 생각이 있는 게 아니라면 여행 책자에서 소개하는 식당을 맹신해서는 안 된다. 아무래도 저자가 책을 쓸 당시엔 인기가 있었어도 막상 가보면 이미 한물간 곳도 많기 때문이다. '요즘 인기 있는' 혹은 '핫한' 가게를 찾는 거라면 인터넷의 도움을 받는 게 더 확실하다. 실제로 이미 인기도 없고 맛도 별로인데, 여행 책자만 믿고 방문하는 관광객들만 득실거리는 식당도 있다. 그럴 경우 유명한 곳에 다녀왔다는 생각으로 만족감을 얻는다면야 할 말 없지만, 기왕이면 더 맛있고 괜찮은 곳을 가지 왜 남들이 예전에 좋다고 했던 데를

가서 맛없는 걸 먹으며 맛있다고 자기 세뇌를 할까 싶기
도 하다.

"아니, 그럼 한국에서 뉴욕 식당을 어떻게 일일이 다
알아서 '요즘' 맛있는 데를 찾아 가란 말이야?"라고 할
지도 모르겠다. 그럴 경우 내가 늘 말하는 건 인터넷에서
검색 한번 해 보라는 것. 한국 사이트보다는 구글에 그냥
'new york brunch'라고만 쳐도 수두룩하게 검색 결과가
나오고, 사람들의 리뷰도 뜬다. "아 영어 읽기 싫어. 한
눈에 들어오지도 않잖아."라고 불평하는 사람들을 위해
서는 '옐프yelp'라는 애플리케이션을 추천한다. 미국 현지
인들도 모두 사용하는 어플이다. 지역별로, 메뉴별로 식
당을 추천해 주며 사람들의 리뷰도 있고, 별점도 있다.
한국에서 방문하는 사람들에게 몇 번 알려 줬을 때 다들
여행 중 최고의 어플이었다고 고맙다는 인사도 많이 들
었다.

하지만 또 남들에게 맛있다고 해서 꼭 나한테도 맛있
으라는 법은 없다. 아무리 여행 책자에서 유명하고 맛있
다 해도 아닌 경우도 많다. 사실 이건 옐프 추천 식당에
도 해당하는 말이기도 하다. 그냥 맛있으면 행복하게 감
사하면 되고, 별로였으면 "좀 별로였다."라고 말할 수 있

는 주관이라도 있으면 좋겠다. 남들이 좋다고 하는 곳만 줏대 없이 좋다고 쫓아가지 말고. '이 여자가 누구 들으라고 하는 말인가?' 싶다면 딩동댕 정답이다. 가끔 그런 사람들을 보며 답답할 때가 한두 번이 아니었다. 특히 남편의 지인 중 한 명이 '심하게' 이전 한국 정보에 의존하곤 했다. 그게 유일한 정보처라면 그럴 수도 있지 싶지만, 뉴욕에 몇 년을 먼저 살면서 겪어 본 내가 "거기보다는 여기가 나아요. 요즘 현지인들도 거기 안 가고 여기로 몰리고 있어요."라고 알려 줘도 무슨 고집인지 아니란다. 10년 전 정보로 자기가 옳다고 우기니 나중엔 '네 마음대로 맛없는 데만 즐기다 가세요.' 싶어졌다.

아마 그 한 사람만이 아니라 이런 경향의 사람들은 모두 비슷하게 그럴 것 같은데, 그 사람은 먹는 것뿐만 아니라 의류도 메이커만 좋아했다. 남들이 모두 아는 메이커, 브랜드 로고가 떡 하니 박혀 있는 소위 명품. 얼마나 본인 스스로에게 자신이 없으면 그런 것에 의존하나 싶을 정도로. 우리 남편이 평범하고 싼 브랜드의 옷을 입고 다니면 "변호사가 그런 데 옷 입으면 안돼."라고 했다나. 그 말을 듣고 내가 거품을 물고 "진짜 줏대 없는 이상한 사람이야!"라며 흥분했던 건 나 역시 아직 내공이 부족

한 탓일 것이다.

흥분을 조금 가라앉히고 브런치 가게 얘기로 돌아가자면, 일단 뉴욕엔 브런치 가게가 정말 많다. 맨해튼, 브루클린 등 뉴욕 곳곳에 유명하고 맛있는 가게들이 퍼져 있지만 웨스트빌리지West Village나 미트패킹 지역에 몰려 있기도 하다. 여기저기 모두 가 보았지만, 내가 가장 좋아하던 곳은 어퍼웨스트의 제이콥스 피클Jacob's Pickles이다.

이 글을 쓰고 있는 현재는 또 어떤지 모르겠지만, 내가 '우연히' 발견하고 다니게 됐을 땐 참 인기가 많은 곳이었다. 주말의 바쁜 시간대엔 한참이나 기다려야 겨우 자리를 얻을 정도였고, 평일에도 많은 사람들이 방문하는 곳이었다. 나중에는 한국 관광객들에게 알려져서 제법 많은 한국인들도 볼 수 있었다. 내가 제이콥스 피클을 알게 된 건 어퍼웨스트에 살 때 그 주변을 걸어가다 "어, 이런 식당이 있네." 하고 보게 되어서였다. 제법 큰 식당에 사람들이 많이 모여 있기에, 다음에 한번 가 보자 하고 가게 된 곳. 그리고 음식이 맛있어서 이후 친구들, 가족들도 데리고 가게 된 곳이다. 제이콥스 피클은 미국 남부식 브런치를 제공한다. 두툼하고 밀가

루 맛이 풍부한 비스킷, 그릿츠grits(옥수수를 거칠게 갈아 끓여 죽같이 걸쭉하게 만든 것), 프라이드치킨 등등. 다시 그곳에서 먹었던 치킨과 비스킷들을 생각하니 입에 침이 가득 고인다. 제이콥스 피클이 아니더라도 미국 남부식 브런치를 제공하는 곳은 일반 브런치와는 또 다른 매력이 있으니 방문해 보길 권한다. 할렘 지역에는 좀 더 '정통의' 남부 브런치를 맛볼 수 있는 곳이 많다.

가게 이름답게 이곳의 피클 역시 유명하다. 다양한 피클이 있고, 피클 튀김도 있다. 양이 많다는 것은 한 메뉴만 주문하고도 배를 불릴 수 있어 좋을 수 있지만, 여러 음식을 맛보지 못한다는 단점이기도 하다. 역시 이런 곳은 여럿이 함께 가서 다양하게 맛을 봐야 좋다.

그러나 다시 말하지만, 이것 역시 조금 지난 정보이다. 내가 현재 뉴욕에 거주하는 것이 아니기에. 뉴욕을 방문할 예정이라면 다시 한 번 검색 신공을 발휘해 보길 추천한다.

커피 맛을 배우다

나는 커피를 좋아한다. 어렸을 땐 일반 봉지 믹스 커피나 커피 전문점의 카페모카 같이 달달한 커피를 마셨는데, 대학원을 다닐 때 까만 커피만의 매력을 알게 되었다. 커피를 좋아하시는 엄마 덕분에 이전부터 집에서도 원두커피를 내려 마시곤 했지만, 커피 자체의 맛보다는 향을 좋아했던 것 같다. 물론 향이라는 것도 맛의 일부이긴 하지만. 그러다가 문득 커피가 '맛있다'고 느낀 순간이 있었다. 스물다섯 살 쯤에.

서울에서의 석사 시절 학교 미술관에서 보조 연구원으로 근무했다. 나중엔 그 미술관에 정말 맛있는 커피를 파는 카페가 생겼지만, 카페가 들어오기 전까지 미술관에서 일하는 사람들은 커피를 사 마시러 이곳저곳을 돌아다녀야 했다. 때론 원두를 사다가 미술관에 있던 커피 메이커로 내려 마시기도 하고, 여럿이 같이 차를 타고 카페에 가서 사오기도 했다. 학교 여기저기에서 커피를 사 마셔 봤지만, 그중 가장 가까우면서도 커피 맛이 그럭저럭 괜찮다는 평을 받은 곳은 언어교육원 1층의 카페였다.

그날도 점심 식사를 한 뒤, 커피 좀 마셔야지 생각하고 언어교육원으로 갔다. 그때까진 난 커피를 맛으로 마신다기보단 그냥 음료의 한 종류로 습관적으로 마시곤 했기에 달지 않고 입가심하는 목적을 채워 줄 아메리카노를 주문했다. 특별히 우유 맛이나 단맛이 필요하지 않은 이상 늘 마시던 아메리카노였다. 그렇게 커피를 사서 다시 미술관으로 돌아가는 길 위에서 커피를 한 모금씩 홀짝거리며 마시는데, 정말 맛있었다. '와, 정말 커피가 맛있구나. 이런 게 커피의 맛이구나. 맛있어서 마시는 거구나.' 하는 생각이 들었다. 왜 그랬는지 커피가 너무 입에 잘 맞아서 작은 감탄을 하며 마셨던 그날이 아직도 생각난다. 그러고 보면 커피는 처음 마실 땐 그저 쓰게만 느껴지지만 언젠가 그 맛을 깨닫게 되는 그런 음료인가 보다. 어른의 음료인 건가.

그날 아마도 처음으로 종이컵에 담긴 커피를 한 모금도 남기지 않고 모두 마셨던 것 같다. 그전까진 늘 조금씩 남기곤 했는데, 이날따라 더 없음을 아쉬워했다. 내가 커피 맛을 깨치게 된 게 어쩌다 그날이었던 건지, 혹은 그날의 커피가 정말 평소와 달랐는지 그건 잘 모르겠다. 원두가 신선했거나, 로스팅 한 지 얼마 되지 않아 커피 상태가 더 좋았거나, 아르바이트생이 에스프레소를 제대로 뽑았거나 하는 다른 이유가 있었을지도. 그때 이후로 난 맛이 있는 커피가 따로 있다는 걸 확실히 알게 되고 그런 커피를 찾게 됐다.

사실 커피의 맛이라는 건 원두의 종류와 로스팅되어진 정도 등 객관적 지표에 따라 달라지는 것이겠지만, 결국은 역시 취향의 영역 같다. 난 대단한 커피 전문가는 아니라서 '첫 모금의 바닐라 향과 전체적으로 묵직한 바디감, 그리고…' 이런 식의 자세하고 미묘한 맛의 차이를 알거나 느끼지는 못한다. 그럼에도 이 커피는 좋은데, 저 커피는 별로더라는 식의 개인적인 구별은 한다. 이를테면 신맛은 적고, 과일 향보다는 초콜릿 향이 첨가된 걸 좋아하고, 전체적으로 진하지만 쓴맛은 강하지 않은 커피를 좋아한다. 그리고 이런 나의 커피에 대한 취향 대부분이 유학 시절 형성되었다.

사실 요즘은 한국에도 훌륭한 커피 로스터리roastery와 카페가 워낙 많이 생긴데다가, 커피에 대한 해박한 지식을 자랑하는 이들이 많아서 내가 커피에 대해 얘기하는 것이 민망할 지경이다. 그럼에도 내가 커피 맛을 배우고 내 취향을 갖추게 된 배경을 조금만 얘기해 볼까.

일반적으로 사람들이 '뉴욕' 하면 연상하는 몇 가지 중 빠지지 않는 하나가 카페이지 않을까 싶다. 매스컴을 통해 만들어진 이미지이긴 하지만 "뉴욕의 카페에서 향기로운 커피 한 잔" 이런 식의 '이국적인' 장면을 쉽게 떠올리게 되니까. 실제로도 엄청난 수의 카페가 있는 곳이고. 나는 '이국적'이란 단어를 좋아하지는 않는다. 주로 '이국적exotic'이라는 단어는 서구를 제외한 다른 지역을 '그럴싸하게' 포장해 주는 단어로 영미권에서 쓰인다고 생각하기 때문이다. 그렇지만 여기에서는 말 그대로 '내가 현재 속해 있어 익숙한 곳이 아닌 다른 나라의, 낯선'이란 뜻으로 사용했다.

사실 뉴욕 자체가 유명한 커피의 고장은 아니라고 생각한다. 미국에서 유명한 커피 로스터리는 전국 곳곳에 있긴 하지만 주로 서부에 몰려 있다. 그러고 보니 이와 관련된 짧은 에피소드 하나가 생각난다. 엔와이유로 유학 가기 직전에 뉴저지에 있는 다른 학교에서 인터뷰 초대를 받아 방문했을 때의 일이다. 나 외에도 두세 명이 더 초대를 받아 같은 날 인터뷰가 진행됐는데, 각자의 일정을 끝내고 그날 저녁 그 학교 재학생들과 함께 짧은 만남의 시간이 있었다. 학교에 대해, 박사 과정에 대해 궁금한 점을 묻고 답하는 그런 시간이었는데, 어쩌다 커피 얘기가 나왔고 시애틀 출신이라는 한 학생이 불평하며 한마디 내뱉었다.

"도대체 동부는 커피 마실 곳이 없어."

더불어 자부심이 철철 넘치는 표정과 말투. 그때까지 두어 번 뉴욕을 방문했던 나는 매번 엄청난 수의 카페와 커피 맛에 감탄하곤 했는데, 커피 마실 곳이 없다고? 그나마 그 학생이 "시티(뉴욕시, 그 중에서도 주로 맨해튼)는 나가야 그나마 좀 괜찮은 곳에서 마시지."라고 덧붙이긴 했지만. 그때 들은 학교에 대한 다른 얘기는 거의 잊혀지고 그 시애틀 학생의 말이 제일 인상 깊게 기억나는 걸 보면 제법 신선한 충격이었나 보다.

그 학생도 인정할 만큼 뉴욕은 '그나마' 커피가 괜찮은 카페가 많고, 흔한 뉴욕의 카페 이미지는 이런저런 식으로 잘 포장되어 전해지고 있다. 실제로도 아주 잘못된 이미지는 아니라 생각하는데, 그도 그럴 것이 뉴욕은 '뉴욕

자생의' 커피와 카페는 물론 전국의 유명 로스터리 카페들이 모두 모여 있는 곳이기도 하니까. 서부의 스텀프타운Stumptown, 하트Heart, 블루바틀Blue Bottle, 시카고의 인텔리젠시아Intelligentsia, 필리의 라 콜롬브La Colombe 등등. 대기업의 프랜차이즈 카페는 물론 뉴욕의 각 구역마다 개성 있는 로컬 카페들까지 곳곳에 산재해 있다. 제법 알려진 로컬 카페들만 해도 Ninth Street Espresso, Joe, Third Rail Coffee, Culture Espresso, Toby's Estate, Cafe Grumpy 등에 자잘한 카페들까지 언급하려면 너무 많다. 게다가 길거리 작은 푸드 트럭의 1불짜리부터 번듯한 카페의 5불이 넘는 커피까지, 맛과 질, 가격대도 다양하게 공존한다. 공짜 커피 이외에 판매하는 커피 중에서는 75센트짜리가 내가 먹어 본 가장 저렴한 커피이다.

이렇다 보니 조금만 커피에 관심을 가지면 크고 작은 즐거움을 누릴 수 있는 곳이 뉴욕이다. "유학을 왔는데 이 도시가 참 재미없고 삭막해."라고 말하던 한 중국 친구에게도 "나처럼 커피 마시는 걸 좋아하면 여기저기 맛있는 커피를 마시고 찾아보는 재미가 있을 텐데." 하고 말한 적도 있다. 그 친구는 너무나 단호히 "난 커피 안 좋아해."라며 뉴욕 생활을 '버티다' 이후 일본으로 훌쩍

떠났다(물론 꼭 커피를 즐기지 않아 떠난 건 아니지만).

유학 초기엔 카페를 찾아다니는 것조차 버겁도록 시간이 모자라서 학교 근처 카페나 몇 군데 가 보고 늘 커피 원두를 사다 집에서 줄곧 마셨다. 특히 일 년 차에 낯선 언어로 과제를 하느라 새벽까지 잠 못 자고 깨어 있어야 할 시간, 커피는 홀짝이는 즐거움을 준 친구였다. 밤에만 서너 잔씩 마시던 때였다.

사실 커피의 카페인은 내게 아무런 효력이 없다. 이미 고등학생 때부터 캔 커피를 마셔 커피 카페인에 대한 내성이 생긴 건지, 커피를 아무리 마셔도 각성제의 효과를 보지 못한다. 내 몸에 효과 있는 카페인은 커피보단 홍차 카페인이다. 실제로는 카페인이 여러 종류가 있는 건 아니라는데, 커피나 홍차에 함유된 다른 성분과 카페인이 일으키는 작용의 차이인 건지 그냥 심리적인 건지, 뭔가 다르게 느껴진다. 이것 또한 그때그때 다르기도 하지만.

어쨌든 그렇게 며칠을 새벽까지 내려 마시니 일반적으로 파는 커피 원두 한 봉지가 보통 12oz인데 2주도 채 되지 않아 다 마신다. 커피 봉지를 비워 가며 다른 새로운 커피를 사 마시는 것도 작은 재미가 되었고, 많이 마시다 보니 커피 맛에 더 눈을 뜨게 된 것 같다.

카페에서 내려 주는 것과 집에서 일반 커피 메이커로 내려 마시는 커피의 맛은 확실히 다르다. 기계로 에스프레소를 뽑아 주는 것과 그냥 드립 커피의 차이도 물론 있지만, 마시는 '분위기'라는 것도 있으니까. 이런 것들을 고려해서 어느 카페는 커피 원두를 사오기 위해 가는 곳, 어디는 커피를 마시러 가는 곳, 각각의 카페마다 어떤 커피 메뉴가 맛있는지 등등을 분류해서 메모하여 리스트를 만들기도 했다. 아무래도 카페를 가는 건 저녁 시간까지로 제한되어 있고, 내가 좋아하는 카페들은 대부분 저녁 6시, 7시면 문을 닫았기 때문에 원두를 사다가 집에서 내려 마시는 게 여러모로 편했다. 특히나 집에서 아침에 일어나자마자 카페인 충전이 필요했기에 집에는 늘 원두가 준비 돼 있어야 했다. 이건 지금도 마찬가지지만.

위에서 언급한 로스터리 커피들 외에도 카운터 컬쳐 Counter Culture, '피티스' 커피인지 '피츠' 커피인지 실제 발음을 잊은 PT's Coffee 원두도 자주 먹었고, 그 밖에 마트표 커피도 싼 맛에 비상용으로 구비해 두기도 했다. 게다가 각각의 브랜드에도 여러 종류의 원두가 있으니 내 입맛에 맞는 커피를 찾는 것은 즐거운 숙제가 되었다.

그 결과 우리 집에는 커피를 내려 마실 커피 메이커가

다양해졌다. 그라인더를 비롯해 핸드 드립용 컵과 일반 드립 커피 머신, 프렌치프레스, 에어로프레스, 케멕스 그리고 모카포트. 유학 중 나중까지 제일 애용한 건 에어로 프레스다. 꼭 뚱뚱한 주사기처럼 생겨서 온 힘을 실어 눌러 커피를 추출해야 하는 에어로프레스. 똑같은 원두라도 제일 내 입맛에 맞는 커피를 만들어 준다. 아이를 낳고 아침이 바빠진 요즘은 불 위에 올려두면 커피를 만들어 주는 모카포트를 제일 자주 쓰고 그마저도 바쁘고 귀찮을 땐 믹스 커피로 대충 때우고 만다.

그래도 4년을 지낸 곳이니 뉴욕의 카페에 대해 하루 종일 떠들 수 있을 만큼 여기저기에 얽힌 기억들이 많지만, 아마 다른 얘기 중에 다시 말 할 기회가 있을 테니 몇 군데만 추억해 볼까.

엔와이유 도서관을 가는 날 자주 가던 곳은 서드레일 Third Rail Coffee이었다. 도서관에서 짧은 블럭 두세 개만 건너가면 있는데, 좀 진한 커피를 좋아한다고 하니 선배 J 언니가 처음 데려가 준 곳이다. 그리 크지 않은 자그마한 카페인데 커피와 약간의 페이스트리류만 취급하고 식사류는 없다. 다른 카페와 비교하면 양에 비해 가격이 비싸다고 느낄지도 모른다. 그럼에도 워낙 커피가 좋아서 평

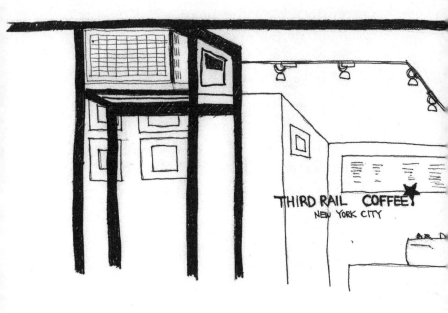

소엔 잘 보지도 않는 팁 통을 발견하고 스르륵 동전들을 넣어 줄 때도 있었다. 나름 바리스타도, 사용하는 원두도 자주 바뀌는 것 같은데도 매번 어찌나 그리 맛있는지. 아, 10잔 마시면 한 잔을 무료로 주는 스탬프 카드도 있어 더 좋아했는지 모른다. 한국에서 방문하는 지인들 중 커피를 좋아한다고 하면 이곳을 추천하거나 데려가곤 했는데, 언제나 반응이 좋았던 곳이다.

　도서관에서 공부하다 점심을 먹고 여기에서 커피를 사

들고 워싱턴 스퀘어 파크로 나가 일광욕하기는 너무 덥
거나 너무 춥지 않은 봄과 가을, 그 짧은 시기에 즐길 수
있는 작은 기쁨이다. 글을 적다 보니 한 손에 서드레일
커피를 들고 따뜻한 햇볕 아래 앉아 있던 때가 너무 생각
나고 그리워진다.

한번은 지도 교수랑 같이 점심을 먹고 여기에서 커피
를 마셨는데, 그때 서드레일의 뜻을 알게 됐다.

"서드레일이 뭔지 알아?"

그전까지 이름에 대해 아무 생각이 없었다.

"아뇨, 모르는데요. 뭔데요?"

"지하철 트랙을 보면 열차가 달리는 두 레일 외에 한
줄이 더 있어. 그게 서드레일이야. 전력을 공급해 주는
선이지."

그 얘기를 듣고 보니 정말 지하철 트랙에 레일이 세 줄
이었다. 제일 바깥쪽의 레일, 서드레일을 통해 지하철은
동력을 얻어 움직이는 것이다. 카페 이름이 그런 것은,
아마도 지하철처럼 사람들도 '서드레일' 카페를 통해 동
력이 되는 카페인을 제공받으라는 의미 아닐까 짐작해
본다.

아브라코Abraço 역시 빼놓을 수 없다. 실제로는 '아브라

쏘'가 맞는 발음이고 그렇게 부른다는데 내겐 그냥 아브라코이다. 현지의 누군가와 얘기한 적이 없이 혼자 혹은 남편이나 다른 가족들과만 얘기하니 항상 아브라코라고 불러 그게 입에 뱄다.

이곳에서는 뭐니 뭐니 해도 콜타도. 콜타도는 남미 쪽에서 많이 마시는 커피라는데, 마키아토와 라테의 중간 정도라고 하면 될까. 라테보다 우유의 양이 적어 커피 맛을 더 진하게 느낄 수 있다. 요즘 한국에서 유행하는 플랫화이트랑 비슷하려나. 뭐 우유 양에 따른 커피 맛이나 이름의 변화는 전문가들의 소관이고 그냥 난 그게 너무 맛있다로만 안다.

이곳의 작은 컵 가득한 콜타도는 정말 정신을 바짝 차리게 만들 만큼 진하다. 카페인의 힘이 울끈불끈 몸속에서 일어난다. 그래서 주변 사람들이나 한국에서 오는 관광객에게 이 카페를 소개할 땐 "실컷 이 부근을 구경하고 지칠 때쯤 여기에 가서 콜타도 한 잔 해. 다시 힘이 번쩍 나서 몇 시간을 버틸 수 있을 걸."이라고 말해 준다.

내게 콜타도는 아브라코의 것이 기준으로 되어 버려서 언젠가 미드타운의 어떤 카페에서 콜타도를 주문했다가 몇 모금 못 마시고 버린 적이 있다. 그 콜타도엔 아브라코

콜타도에는 없던 설탕이 기본으로 들어가 무척 달았다. 내가 생각했던 그 맛이 아니라 어찌나 실망스러웠던지.

그리고 아브라코에선 꼭 올리브오일빵도 먹어야 한다. 올리브오일 향이 듬뿍 나는 기름진 파운드케이크. 역시 아브라코는 내게 에너지 충전소로 각인되어 있나 보다.

커피에 대해 잔뜩 말하고 나니 문득 궁금해졌다. 만약 지금의 입맛에서, 다시 말해 제법 괜찮은 커피를 많이 마셔 보고 맛있는 커피에 대한 기준이 높아진 현재, 내가 학교 미술관에서 근무하던 십여 년 전 그날, 미술관으로 돌아가는 그 길에서 마셨던 그 커피를 다시 마신다면 어떤 맛일까? 나는 어떻게 느낄까? 혹시 정말 별로라고 느낄지도 모른다. 고작 이 정도의 커피에 감탄했던 건가 실망할지도. 아님 어쩌면 지금 마셔 봐도 너무 맛있어 놀랄지도 모르겠다.

겸손은 부덕

아마도 코스웍 마지막 학기였던 것 같다. 잠시 기억을 더 듬어 보는데, 그 전 학기였는지 아닌지 조금 헷갈린다. 종합시험을 준비하던 때였으니 3년 차 해였다는 것만은 확실한데, 가을 학기였나 봄 학기였나. 아무튼 그때 한 학부 수업 티에이T.A를 맡게 되었다.

티에이라고는 하지만 내 역할은 매우 작았다. 참고 로 티에이는 여러 종류가 있는데, teaching을 하는 티에 이, 수업에 필요한 물품을 준비하고 출석을 부르고 과제 를 체크하는 등의 그야말로 잡일을 도와주는 티에이, 그 리고 그 중간 정도라고 할 수 있는 수업 내용과 관련하여 면담을 통해 학생을 도와주거나 과제 방향을 잡아 주는 역할을 하는 흔히 튜터tutor라고 불리는 티에이 등이다. 그 전에 튜터를 한 학기 한 적은 있지만, 지금 말하려는 수업에서 내가 했던 것은 '잡일 티에이'였다.

난 좀 게으르다고 해야 하나, 박사 과정 중에 결혼도 했고, 아니 해야 했고 많은 학교들이 티에이 포지션을 박사 과정의 필수로 요구하지만, 마침 엔와이유는 티에이를 하는 것이 졸업하는데 필수 요건이 아니었기에 그동안 딱히 티에이를 하지 않고 있었다. 그러다 코스웍 마지막 해에 박사생이 모자라기도 해서 우리 과에서 개설된 한 수업의 잡일 티에이를 맡게 된 것이다. 티칭 티에이는 부담스럽기도 했거니와 종합시험을 준비하는 때라 그럴 시간도 없었다. 사실 티칭 티에이는 일반 티에이보다 월급도 훨씬 많이 받을 수 있지만 그만큼 수업을 준비해야 하는 시간이 많이 들기 때문에 도저히 할 수가 없었다. 영어가 모국어인 학생들도 수업 준비에 많은 시간을 할애해야 하는 것은 당연.

수업은 20명이 조금 안 되는 학부생들이 모인 중국 영화 수업이었다. 석사 때 미술사를 전공으로 하면서 서양 미술과 관련된 영화 이미지와 영화 산업에 대한 수업을 들은 기억은 있지만 영화에 대해서는 잘 알지 못한다. 게다가 중국 영화는 몇몇 유명한 것을 제외하면 제목조차 생소한 것들이 많았는데, 아니나 다를까 커리큘럼을 보니 반 이상이 모르는 영화였다. 수업은 일주일에 한 번

세 시간씩 진행되는데, 토론이 섞인 강의와 영화 관람으로 구성되었다.

이 수업을 담당한 교수는 교수라고는 하지만 박사를 갓 졸업하고 엔와이유 우리 과의 일 년짜리 포지션에 온 새내기 강사였다. 새내기라고 무시하는 것은 전혀 아니지만, 그런 초짜 강사와 박사 과정생 사이는 뭔가 애매한 관계가 있다. 내가 계속 공부를 하고 학계에 남아 논문을 쓴다면 나의 몇 년 후 모습이 될 수 있는 동료랄까. 빠르면 고작 2, 3년, 오래 걸려도 5년 후의 내 모습이 될 수 있던 그런 사람이었다. 실제로 나이 차도 거의 없을, 어쩌면 동갑일 수도 있는 아무튼 그런 관계. 내가 조수 역할을 하기는 하지만 가르침을 주고받기는 뭔가 껄끄러울 수 있는 그런 사이. 또 새내기 강사임을 강조하는 것은 그만큼 나와 그 전에 전혀 교류가 없었음을 밝히는 것이기도 하다. 학과 모임에서도 한두 번 봤을까 말까 했던, 아주 피상적인 대화만 조금 나누었을 뿐인 잘 모르는 우리 과 사람.

듣기로는 대만 유학생 출신이었던가 대만에서 자랐지만 시민권자 출신이라던가 했다. 아시아인의 발음이 조금 남아 있지만 영어가 아주 유창한 사람이었다. 수업을 하는 것에 국적이 중요한 것은 아니지만 여기에서는 밝혀야 할 이유가 있다.

한국의 대학 수업도 대부분 그렇듯이 첫 시간에는 강의의 전반적인 구성과 내용에 대해 소개하고 일찍 끝났다. 작은 규모의 수업이라 학생들이 한 명 한 명 간단히 자기소개를 했다. 그리고 마지막에 교수는 이 수업 진행을 도와줄 티에이라며 나를 가리켰고, 나 역시 자기소개를 해 주길 부탁했다. 뭐 딱히 대단한 얘기를 할 것도 아니었고, 인사하고 이름을 말한 후 대략 내가 중국 영화에 대해서는 잘 모르지만 같이 잘해 보자 이런 식으로 말했던 것 같다. 그때 그 교수는 내 말을 자르며, "그렇게 겸손해 할 필요 없어. 경문은 박사 과정생이야."라며 뭔가 나를 좀 띄워 주는 분위기를 만들고 수업을 끝냈다.

학생들이 각자 흩어진 후 정리를 한 뒤 그 교수는 나에게 다가와 조용히 이런 얘기를 했다. "아시아 학생들은 겸손해 보이려 그런 말을 하지만, 앞으로는 그러지 마. 네 전공 분야가 아니더라도 그런 말은 안 해도 돼. 여기 미국 애들은 그걸 겸손으로 보지 않고 무시해." 그건 나를 생각해 주는 정말 고마운 충고였다. 유학 생활을 하다 보면 쉽게 잊을 수 있지만 문화와 정서가 다른 곳에서는 기억해 두면 좋을 만한 그런 것. 삐딱하게 생각하면 나랑 별 차이도 없는 사람이 왜 충고질이지 하겠지만, 그땐 참 고마웠다.

한국에서는 어디에서나 늘 항상 아는 것도 모르는 듯 모르는 것도 모르는 듯, 그렇게 늘 아는 척하지 말고 겸손해야 하는 게 미덕이라고 배웠는데, 미국은 아니었다. 그게 좋아 보인다는 것은 아니지만 몰라도 아는 척, 아는 건 더 아는 척해야 하는 경우가 얼마나 많던지. 때로는 '저렇게 말하는 것도 참 재주지.'라는 생각이 들 만큼 아무것도 아닌 것을 잘 부풀려 말하는 학생들도 꽤 많다. 난 그저 언어가 조금 부족하다는 이유로 주눅 들고 입 다물고 있던 경우가 참 많았는데. 이런 경우 겸손은커녕 그냥 평소에 조용한 사람으로도 취급받지 못하고 으레 자기주장도 못하는 혹은 본인 의견도 말하지 못하는 이로 무시당하기 일쑤다. 참 다른 문화이고 세상이다.

그렇다고 미국 문화가 또 알맹이 없이 아는 척만 열심히 한다고 인정해 주는 것도 아니다. 내실 없이 겉으로만 훑는 듯한 태도는 금방 들통 나기 마련이라 뒤에서 수군댄다. "쟤 말은 많아도 결국 별 내용 없어."

박사 첫 학기 때 들었던 수업 중에 정말 끊임없이 말하는 미국인 학생이 있었다. 참고로 그 수업을 듣는 스무 명이 넘는 박사 과정생 가운데 나 혼자 아시아에서 온 유학생이었다. 얘기를 들어 보면 그 많은 말 중 80~90%는 정말 무게감이라고는 조금도 실려 있지 않은 잡다한 것들이었다. '마지막에 저 말 한마디를 하려고 자기 초등학생 때 얘길 그렇게 한 거야?' 싶은 길고 긴 서론. 그냥 딱 할 말만 하고 입 좀 다물면 안 될까 싶은데, 얼마나 많은 학생들이 그런 식으로 얘기하던지. 때로는 논의 중 틀린 말을 해도 아무렇지도 않다. 그냥 "아, 그렇구나." 하면 그만이다. 그리고 그렇게 말을 많이 하는 학생들은 거기에서 건질만한 말을 하나도 못했다면 그저 말만 많은 학생이 되지만 그 많은 말 중 몇 가지라도 건질만한 내용이 있으면 수업 중 '주류'로 부상한다. 그에 비해 나를 비롯한 유학생들은 내 영어가 모자라서 잘못 전달되면 어쩌나 혹은 내가 하고픈 말 쟤가 다 했으니 됐어 하고 넘어가는 경우가 허다하다.

처음엔 내 영어가 부족해서 다른 이들의 말이 잡다하게 들리는 건가 하기도 했다. 하지만 미국에서 유학 기간이 좀 더 길었던 아시아 출신 친구들 얘기를 들어 보면 그게 아니었다. 그냥 말이 많은 게 맞단다. 일본에서 온 N은 학부 때부터 미국에서 유학을 하고 엔와이유 역사학과에서 박사 과정 중에 있었는데, 그런 얘기를 해 주었다. 참고로 일본인이 일찍부터 혼자 유학을 가는 일은 많지 않다. 박사 과정에서도 드물었다. 적어도 인문학에서는. "미국 애들이 전부 그런 건 아니지만, 많이들 아무것도 아닌 말을 부풀려서 하는 거 정말 잘 해. 그런 건 그냥 한 귀로 듣고 한 귀로 흘려도 돼. 교수랑만 잘 소통하면 되니 너무 스트레스 받지 마." 어쩌면 이미 알고 있는 그런 말들도 이미 경험한 이에게 직접 들으니 얼마나 위안이 되던지. 덕분에 나중엔 수업 담당 교수와 내 지도 교수에 더 집중할 수 있었다. 수업 중에 '나대는 건' 도저히 나로서는 할 수 없는 일이었으니까.

같은 이야기를 친정 부모님께 전하면 오고 갈 대화는 뻔하다. "아무리 그래도 겸손해야 된다.", "나서지 말아라." 등등. 결국 여기에선 이렇게, 저기에선 저렇게 태도를 바꾸는 변신의 귀재가 돼야 하나 보다.

내 이름 제대로 불러 줘

미국에서 카페에 가면 주문 막바지에 직원이 고객의 이름을 묻는 경우가 많다. 주문한 음료가 준비되면 우리나라에서처럼 번호를 부르는 대신 이름을 부르기 때문이다. 이 때문에 웃지 못할 얘기도 들었다. 한국에서 여행을 간 관광객이 이렇게 이름 불러 주는 걸 모르고 '저 사람이 왜 내 이름을 물어 보지? 나한테 관심 있나?' 했다가 알고 보니 모든 사람의 이름을 묻는 걸 보고 뒤늦게 부끄러웠다고. 설마 정말 그런 사람이 있을까 싶었는데, 최근 언니의 지인도 그렇게 생각했다는 말을 전해 듣고 진짜 있던 일이구나 하며 웃었다.

사실 여기서 말하는 이름은 서류에 올라간다든지 공식적으로 증명해야 하는 것이 아니기에 적당히 편한 이름이면 된다. 다시 말해, 굳이 미국 사람들이 제대로 알아듣지도 발음하지도 못하는 한국 이름을 스펠링까지 대가며 알려 주지 않아도 된다는 거다. 물론 내 멀쩡한 이름 놔두고 내가 왜 그네들 편하라고 아무 이름이나 대냐고 하면 사실 할 말은 없다. 나 같은 경우엔 제대로 내 이름을 발음하는 경우가 드물기 때문에 이름 끝 글자인 '문moon'을 사용하는 경우가 많았다. 이렇게 하면 이름을 되묻는 경우가 거의 없어 편했다. 이름을 바꾼 것도 아니고 그냥 어려운 한 글자만 뺀 거니 이 정도는 괜찮겠지. 사실 영어 이름도 길면 짧게 줄이지 않나. 엘리자베스Elizabeth는 베쓰Beth나 베티Betty로, 캐서린Katherine은 케이티Katie 이런 식으로. 물론 당사자의 동의가 필요한 거지만.

어찌 보면 이것과 좀 다른 방향의 에피소드도 있다. 내가 아닌 선배 J언니가 학교 근처 카페에서 겪은 이야기. 거기는 굳이 따지자면 단순히 카페라기보단 브런치 가게인데 엔와이유 근처에서 나름 유명한 곳이다. 직원들이 불친절한 것으로! 어쩌다 그곳에서 간단한 식사를 하고 커피를 따로 사서 나가려던 J언니는 이름을 묻는 직원에게 여느 때처럼 "J"라고 답했다 한다. 그러자 그 직원이 자신은 모두 발음할 수 있으니 "너의 진짜 이름을 알려 줘."라고 했다나. 대다수의 미국인에게 생소한 발음의 한국 이름을 이상하게 말 하는 게 더 듣기 싫어서 이니셜

테이크아웃 커피잔 위
내 이름.

로 알려 준 건데 굳이 알려 달라 하니 그 자리에서 스펠
링을 불러 줬다 한다. 역시나 그 직원은 발음을 어려워했
고 언니는 언니대로 민망해하며 시간만 잡아먹었다는 이
야기. 정말 이럴 바에야 그냥 이니셜을 알려 주고 그렇게
불러 주는 게 마음도 편하다.

　이렇게 말은 하지만 난 한편으론 '내 이름' 사용에 좀
완고하다고 할까. 그래서 발음이 어려워도 공식적인 자
리에선 굳이 내 이름을 그대로 쓴다. 그런 자리에선 편
하게 짧게 불러달라고 한 적이 없다. 그러다 보니 참 다
양한 발음으로 불리는 내 이름. 누군가는 "문"이라 하고,
아이폰의 '시리'는 마음대로 "카이엉문"이라 부른다. 그
렇게 똑똑한 시리라면서 왜 내가 이름을 발음해서 알려
주면 그렇게 저장하고 기억하는 똑똑함은 장착하지 않았

는지.

그럼에도 불구하고 당연히 영어식의 이름을 지을 생각은 해 보지 않았다. 쓰는 사람에겐 미안하지만 난 미국에서 지내는 사람들 중 말도 안 되는 영어 이름을 지어 사용하는 게 이상해 보인다. 뭐 미국에서 태어났거나 오래 살았거나 혹은 살 예정이라면 필요할 수 있다 생각하지만, 짧은 어학연수나 단기 유학 중에 뜬금없이 영어 이름을 지어서 쓰는 건 정말 이상하게 보인다. 심지어 요즘은 한국의 어린이집이나 유치원 영어 교육 시간에 아이들에게 영어 이름을 지어오라 하기도 한다고. 외국 사람이 잠깐 한국에 와서 한국식으로 이름을 하나 만들어 쓴다 생각해 보자. 발음이 비슷해서 좀 더 쉽게 부르기 위해서 등의 뭔가 적당한 이유 없이 그런다면 참 생뚱맞다 생각될 거 같은데. "친근하고 좋아 보이는데?"라고 하면 뭐 또 할 말은 없다. 그 또한 그 사람의 의견이니 존중해야겠지.

하지만 사람들에게 내 이름을 정확히 발음해 줄 것을 요구하는 게, 결과는 조금 어설프더라도 적어도 노력하게끔 하는 게 맞지 않을까 조심스럽게 생각한다. 우리는 남의 나라 말 열심히 배워 가며 혀를 꼬아 저들의 이름을 제대로 발음하려 노력하는데 반대는 왜 안 되지? 그런데 그럼 카페에서도 시간이 얼마나 걸리든지 상관없이 열심히 내 이름과 제대로 된 발음을 알려 줘야 하나? 아직 내 스스로도 조금 헷갈리는 문제이긴 하다.

비슷한 생각에서 유학 중 미국에서 낳은 딸 이름도 한국 이름만 지어 출생신고를 했다. 사실 아이를 낳기 전에는 기왕 미국에서 낳는 거 미국 이름도 미들 네임으로 같이 지어서 출생신고를 할까도 생각했다. 그래도 아무 상관없는 영어 이름을 붙여 주기보다는 내가 기독교 신자이니 성경에 나오는 이름을 붙여 줄까 하고. 하지만 결과적으로는 남편과 상의 끝에 한국 이름만 지어서 출생신고를 마쳤다. 실은 내가 결혼 전부터 지어 놓은 이름이고, 어쩌다 보니 그리 어려운 발음의 이름도 아니었다. 그렇지 않다 해도 이름을 어떻게 발음하는지 물어보는 사람들에게 열심히 발음을 알려 줬을 거다. 이 아이가 자라서 성인이 되어 본인이 영어 이름을 갖고 싶다고 이름을 '추가'하면 그것 또한 존중해 줘야겠지만, 현재까지는 부모로서 한국 이름만 가진 것에 아무 불만이나 부족함이 없다.

아이를 낳은 지 얼마 되지 않았을 때, 한 한국인 친구가 아이 이름을 물어보면서 영어 이름은 뭐냐고 물었다. 따로 지어 주지 않았다고 하자 "왜? 나중에 미국 유학하게 되면 필요할 텐데?" 그리고 "엄마처럼 유학 간다고 할 수 있잖아."라고 덧붙였다. 당황스러웠다. 그 친구의 말처럼 나는 유학을 했지만 영어 이름의 필요성을 느끼지 못했는데, 왜 그렇게 말했을까. 내 딸이 비록 시민권자이긴 하지만 엄마, 아빠도 모두 한국인에 여러 가지 이유로 한국에 돌아와 자라야 해서 계속 자라게 될 곳은 한국이니 딱히 '더' 필요할 거라 생각하지 않았다. 그리고 아이가 자라 유학을 준비할 때 한국 이름이라서 못 가는 일은 없을 거라 생각되고. 그 친구에게는 그냥 더 좋게, 부드럽게 말하고 넘어갈 수도 있는데, 그때 날이 서 있던 나는 좀 뾰족하게 대꾸했던 것 같다. 그렇지만 지금 생각해도 딱히 뭐라고 했어야 할지는 잘 모르겠다.

정말 솔직하게는 어떤 이름이던지 그 사람이 '잘나게' 되면 알아서 이름을 불러 줄 거라 생각한다. 원어 발음과는 조금 달라지고 어색할지라도. 굳이 내 아이가 루시나 제니퍼가 되지 않아도 좋은 사람들을 만나 좋은 사람이 된다면 주위에서 알아서 먼저 이름을 물어보고 발음해 줄 거라 믿는다.

나는 애국자도 아니고 한국이 최고라 주장하는 사람도 아니지만, 그냥 한국어가 지금보다는 조금 더 인정받는 세상이 되면 좋을 것 같긴 하다. 이렇게 낯설어하고 어려워해서야 원. 그래도 결국 결론은 "내가 좋은 ('훌륭한'까지는 아니더라도) 사람이 되자."이다. 그렇다고 카페에서 먼저 알아보고 이름을 불러 줄 정도의 유명세를 원한다는 것은 물론 아니다.

두 도시의 산책자

디저트는 한 입만

뉴욕에서 첫째를 임신했던 중에 남편과 자주 했던 말이 하나 있다. "다행히 감사하게도 심하진 않아도 할 건 다 하고 넘어가네." 말 그대로 임신 중에 겪을 수 있는 이런 저런 일들을 다양하게 경험했다.

입덧 역시 짧다면 짧게 몇 주를 치렀는데, 병원에 입원할 정도는 아니었어도 밥 못 먹고 구역질을 수시로 했으며, 임신 중 요통도 당연히 있었고, 길에서 갑자기 현기증이 나서 기절할 뻔하다가 슈퍼마켓 입구 벤치에 앉아 쉰 적도 있다. 그때 자리를 마련해 준 한 할머니께 감사. 원래 그다지 좋지 않던 발목과 무릎이라 임신 중기 이후부터는 매일 보호대를 차고 다녀야 했고, 자다가 갑자기 코피가 펑 터지는 경험도 했으며, 주수에 비해 배뭉침이 하도 잦아서 급히 산부인과 의사랑 약속해서 만난 적도 있다. 거기에 피검사를 해 보니 정상보다 혈소판 수치가 높아 혈액 전문의를 따로 몇 번이나 만나 상담을 받아야 했고, 말기엔 자다가 다리에 쥐가 나서 소리 지르며 깨기 등등 나름 할 건 다 하고 넘어간 듯하다. 거기에 나이도 적지 않았으니 나는 결국 고위험군 산모로 분류되었다.

이 모든 것들 중에서도 가장 길게 나를 괴롭혔던 건 임신성 당뇨, 임당이었다. 20주가 조금 지나서부터 출산 직전까지, 그야말로 분만실에서까지 피검사를 하며 체크해야 했으니까. 그 덕에 갓 태어난 우리 딸도 어미 품에 안기기도 전에 곧바로 발꿈치를 바늘에 찔려 피 검사를 받아야 했으니 "그놈의 임당" 소리가 절로 나왔다.

보통 임산부들은 24주에서 28주차 사이에 임신성 당뇨 검사를 받는다. 대부분의 임산부들이 자신이 임신을 하며 임신과 관련된 많은 것을 알게 되듯이 나 역시 검사를 앞둔 몇 주 전에야 '임당'이라는 것을 알았다. 또 아무래도 첫 임신을 외국에서 하게 돼서 주변에서 듣게 되는 정보가 좀 적었던 면도 있다. 그나마 다행이라면 다행이랄까, 친한 친구가 나보다 3, 4개월 일찍 아이를 가져 그친구로부터 이런저런 많은 정보를 얻을 수 있었다. 영어로는 gestational diabetes인 임당은 미국 산부인과에서 검사 몇 주 전 정기검진 때 무엇에 관한 검사인지, 어떻게 진행되는지를 자세히 적어 알려 준다.

미국은 잘 알려져 있다시피 의료 보험 제도가 한국과 많이 달라서 병원을 가는 게 쉽지 않다. 몸이 좀 안 좋다 싶으면 가까운 병원에 가서 쉽게 진찰을 받을 수 있는 한국과 달리, 웬만한 병은 그냥 약국에서 파는 약으로 다스리고, 좀 심각하다 싶거나 검사가 필요할 경우에 의사와 약속을 잡고 진료를 받으러 가야 한다. 물론 아무 병원이나 갈 수는 없고, 내가 가진 보험을 받아 주는 병원에 한해서만 예약이 가능하다.

산부인과도 마찬가지다. 한국에서는 임산부들이 배가 좀 이상하다는 느낌만 와도 곧바로 산부인과에 가서 확인을 할 수 있는데, 미국에서는 약속을 미리 잡은 경우에만 의사를 만날 수 있었다. 다음 약속까지 못 기다릴 것 같은 경우엔 얼른 이메일이나 전화로 연락을 취할 수 있지만, 그것도 약속이 잡혀야 금방 만날 수 있다. 나의 경우엔 아무리 빨라도 하루는 기다려야 했다. 정말로 급할 땐 응급실로 가야 한다. 응급실 비용은 구급차 부르는 것만 기본이 몇 천 불이라 하니 더 이상의 얘기는 생략하겠다.

물론 미국의 이런 시스템이 임산부에게 득이 될 때도 있고 실이 될 때도 있는 것 같다. 불필요하게 자꾸 초음

파 등으로 확인하려 하는 것이 태아에겐 스트레스가 될 수도 있다 하니 자주 보지 않는 것이 좋을 수도 있지만, 산모의 마음을 생각하면 임신 중 생기는 불안함을 없애 주는 것만도 큰 도움인데 마음껏(?) 의사를 보지 못하는 게 답답할 수도 있으니까.

뭐 어찌 됐든 나는 임당 검사를 받았고 재검을 해야 한다는 통보를 받은 후 다시 검사를 해서 결국 임당을 확진 받았다. 다행히 나는 당뇨가 아주 심한 편은 아니어서 인슐린을 맞을 정도는 아니고 그저 식단 관리를 하면 된다 했다. 물론 '그저 식단'이라고 표현하기엔 나름 어렵고 긴 인내가 필요했던 시간이었지만.

임당 검사를 앞두고 있던 때까지 내 주변의 그 누구도 내가 임당일 거라 여기지 않았고, 재검을 해야 한다고 할 때도 아무 일 없을 거라며 다들 호언장담을 했다. 워낙 마른 몸인데다 평소 먹는 양에 비해 살이 안 찌는 너무 비효율적인 몸이었기에 당뇨와 전혀 상관없다 여겼기 때문이다. 그런 내가 임당 판정을 받았다고 말하자, 한국의 지인들이 미국은 한국보다 기준이 엄격한가 보다며 다들 위로 아닌 위로를 해 주었지만, 사실 두 나라의 기준이 크게 다르지는 않다. 기준이 되는 수치는 공복 수치만 조금 차이가 날 뿐 식후 두 시간 혈당 수치는 같았던 것으로 기억한다.

처음 산부인과에서 검사를 한 후, 임당 산모는 내과에서 관리 받는 대상이 된다는 것도 같다. 나의 경우엔 평소 진료를 보러 다니던 산부인과는 의사의 작은 개인 사무실이었던 반면에, 임당 관리는 그 의사가 분만을 진행하는 큰 병원의 내과이긴 했지만. 이 같은 미국의 병원 시스템은 또 다른 이야기라 여기에서는 생략하겠다. 가끔 내가 진짜 임당인 걸까 싶어 남편에게 식후 혈당을 검사를 해 보라 한 적도 있다. 하지만 같은 것을 먹어도 수치가 많이 차이 나던 걸 보며 '아 진짜 임당 맞구나.'를 실감했다.

식단으로 혈당을 조절해야 한다는 것을 알게 된 직후부터 나는 내가 먹는 매 끼니 식사를 블로그에 기록했다. '임당 식단' 폴더를 따로 만들어서 내가 먹는 음식의 사진과 그 음식을 먹고 난 뒤의 혈당을 모두 적었다. 무엇을 먹고 혈당 관리가 잘 되고 안 되었는지를 기억하기 위해서, 또 보통 첫째 임신 때 임당일 경우 둘째도 그럴 확률이 현저히 높다 해서 나중에 스스로 참고할 겸 열심히 기록했다.

지금 다시 그때의 기록을 보면 어떻게 이렇게 열심히 했지 싶도록 매 끼니 사진과 혈당 수치를 꼼꼼히 적어 두었다. 최소 하루에 네 번(공복과 세 끼의 식사 두 시간 후), 손가락을 바늘로 찔러가며 혈당을 검사해야 했던 때였다. 매번 얼마나 긴장했는지 모른다. 어찌 보면 혈당이 튀었다는 건 아기에게 과도한 당이 넘어간다는 건데, 임당 산모들은 그것을 아이가 당으로 허덕이고 있어 힘들 거라 여긴다. 뭐 아이 입장에서야 엄마를 통해 섭취하는 영양분에 당이 많다고 해서 스스로 무엇을 하는 것은 아닐 테지만.

　혹시나 혈당이 기준 수치보다 높게 나오게 되면, 엄마는 먹는 것 하나 조절 못해 아이를 '힘들게' 한다는 생각에 죄책감을 갖고 미안해하게 된다. 사실 임당이란 것은 엄마의 잘못으로 생긴 것도 아닌 그저 호르몬의 영향이고, 그것도 어느 정도 운에 따른 것인데. 여기에서 일일이 설명할 필요가 없어 안 썼지만 임당은 임신 호르몬의 영향으로 생기는 당뇨라 일반 당뇨와 조금 구분된다. 식단으로 관리해야 한다는 점에서는 같을지언정 출산을 하면 일단은 치료되는 병으로 간주하기 때문이다.

　탄수화물은 한 번에 많은 양을 먹으면 분명 혈당 수치

가 튀기 때문에 적게 먹어야 하지만, 이는 또 태아의 발달에 반드시 필요한 영양소이기에 모자라서도 안 된다. 그러니 식사 때 적게 먹은 것을 간식으로 보충해야 했다. 안 먹을 수도 없고, 과해도 안 된다. 먹고 싶은 건 많지만, 먹을 수 있는 것은 정해져 있다. 게다가 반드시 식후 두 시간의 공복을 지킨 후 간식을 먹어야 했다. 도대체 누가 임산부는 먹고 싶은 것 마음대로 먹어도 된다 했던가.

나중에는 한 번에 양껏 먹지 못하는 게 서러워서, 그냥 막 먹고 인슐린 주사를 맞을까 하는 생각이 들 정도였다. 면류도 잘 못 먹으니 자장면을 앞에 두고 눈물을 뚝뚝 흘린 적도 있다. 너무 먹고 싶은데, 그걸 먹었다간 수치가 폭발할 것을 알기에 그냥 뭔가 설움이 복받쳐서 나도 모르게 눈물이 줄줄 나왔다.

간식 조절이 힘들었던 것은 말할 것도 없다. 이건 안 먹을 수도 없고, 뭘 먹어야 할지도 어렵고. 임당 때 새삼 알게 된 건 우리가 평소 먹는 간식이라는 것이 굉장히 탄수화물 중심이라는 것이었다. 빵도 안 되고, 초콜릿이나 아이스크림도 안 되고, 간식으로는 주로 치즈나 견과류 등 탄수화물이 아닌 것을 섭취해야 했다. 빵이 먹고플 때면 반드시 단백질과 채소를 곁들여야만 했다. 과일은 당

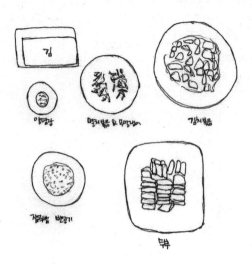

김

애호박

멸치볶음 & 마가스이

감자볶음

잡곡밥 반공기

두부

분이 많아 정해진 양, 보통 대부분 한두 조각만 먹을 수 있고, 탄산음료나 과일 주스는 꿈도 못 꿨다. 물만 마실 수도 없고, 게다가 블랙커피가 혈당을 내려 준다는 얘기도 있고 해서 커피를 즐겨 마시게 된 임당 산모도 있다. 보통 산모들은 카페인 때문에 되도록 커피를 피하는데, 그럼 도대체 뭘 먹으라는 건지.

결국 흔히 생각하는 디저트는 딱 한 입까지만 허용되었다. 그전까지는 남편과 함께 뉴욕의 이곳저곳 디저트 가게를 탐방하며 맛보는 것이 작은 즐거움이었는데, 임당 확진 이후로는 한 입만 먹고 모두 남편 입 속으로 들어가는 것을 구경만 해야 했다. 아주 야무지게 한 입을 베어 먹고 입안에서 그 맛을 충분히 음미하기. 물론 매번 아쉽고 모자랐다. 상상할 수 있을까. 온갖 디저트가 다 모인 뉴욕에서 하루 한 번 한두 입으로만 강제로 만족해야만 했던 그 마음을.

그래도 그렇게 관리해서 태어난 아기는 참 건강했고, 지금도 건강히 잘 자라고 있다. 당시에 나름 열심히 내 몸에 맞는 식품을 찾기 위해 노력하고 기록했는데, 한국에 돌아와서 한 방송국으로부터 연락을 받기도 했다. 건강 관련 프로그램의 작가로부터 온 연락이었는데, 내 블로그를 보고 당뇨와 어떤 식품을 주제로 취재를 해도 되겠냐는 문의였다. 쑥스럽기도 하고 방송에 나온다는 게 막연히 무서워서 정중히 거절했지만, 새삼 내가 열심히 관리하는 것으로 보이긴 했나 보다 싶었다.

사실 뉴욕에서 임당 산모로 지내는데 어려웠던 점은 어떻게 반찬을 구성할까였다. 내가 다닌 내과에서는 산모의 당뇨를 관리하기 위한 식단을 구성해 추천해 주기는 했지만 그야말로 서양식 위주의 식단이어서 나에게는 맞지 않았다. 인터넷을 통해 한국의 내과에서 임당 산모를 위한 식단을 보면 고기 등의 단백질과 나물류가 많이 들어간 한식 메뉴로 구성되어 있었지만, 뉴욕에서 '한국'식 채소를 구하려면 일반 슈퍼마켓이 아닌 한인 마트나 중국 마트로 가야했다. 다시 말해, 매우 번거로운 일이었다. '아 한국이었으면 시댁이나 친정에서 밑반찬이라도 좀 얻어먹었을 텐데.' 생각했던 게 한두 번이 아니었다. 그럼 사 먹으면 되지 싶어도, 가게에서 파는 반찬은 간이 세고 조미료가 많이 첨가돼서 혈당 수치를 높였다. 정말 '적당히' 나에게 맞는 식단을 짜고 그런 식품을 찾는 데 몇 주 걸렸던 것 같다. 그 사이 혈당은 오르락내리락 난리가 났었지만.

지금도 내 블로그에 들어오는 많은 사람들이 '임당 식단'으로 검색해서 들어온다. 몇 번인가 쪽지와 댓글로 식단이 많이 도움이 되었다고, 아이를 낳기 전까지 그리고 낳은 후에도 많은 용기를 받았다는 인사를 받기도 했다. 또 때로는 몇몇 임산부들 가운데 임당 확진을 받았다며, 어떻게 하냐며 울 듯 하소연하는 사람들이 있는데, 그럴 때는 참 당황스럽다. 내가 임당임에도 불구하고 멀쩡히 건강한 아이를 낳고 잘 살고 있다는 것을 다시 확인하고 싶어서인 걸까. 그렇게 어찌할 바를 몰라 하는 사람들을 볼 때마다 나야말로 어찌할 바를 모르겠다. 엄청난 병에 걸린 것도 아니고 나도 잘 겪어 낸 일인데 "저 어떡해요." 소리를 들으면 '아, 내가 뭔가 몹쓸 것을 겪은 건가.' 싶어 당황스럽다.

　괜찮아요. 다 지나가요. 임당은 엄마의 잘못이 아니니 마음 편히 먹고 지내면 돼요. 지나고 나면 다시 디저트는 한 접시 다 먹을 수 있게 됩니다.

　말은 이렇게 하지만 둘째는 임당이 아니라는 검사 결과를 받고 무척 기뻐했다지.

레깅스는 바지인가

언젠가 한국의 포털 사이트에서 이런 주제의 글을 읽은 것 같다. '레깅스는 스타킹인가 바지인가.' 아니, 미용실에서 보던 잡지에 실렸던 기사였던가. 어디에서 봤는지는 기억나지 않지만, 어쨌든 그 내용은 레깅스를 하의의 '완성'으로 볼 수 있는지, 그렇지 않으면 그 자체만으로는 '불완전한' 옷인지에 대해 논란이 있다는 글이었다. 대단히 무게감 있는 그런 내용은 아니었지만, 사람들 생각이 다 비슷한가 보다 하고 흥미로웠던 기억이 난다.

레깅스. 스타킹보다는 두꺼운 소재지만 일반적인 바지와 달리 다리통 마감이 한쪽으로만 있는 그것. 스타킹처럼 다리에 밀착되지만 발끝까지 통으로 짜여진 스타킹과는 달리, 보통 다리 안쪽으로 마감된 선이 있는 것이라고 하면 되려나. 일반적인 바지를 보면 크게 두 장의 천이 다리 안쪽과 바깥쪽 두 쪽에서 박아 마감되는 경우가 많은 걸 생각해 볼 때 말이다. 또 레깅스는 바지춤 부분에 지퍼가 따로 없고, 보통 허리선이 밴드로 처리되어 있다. 사실 밴드 바지나 고무줄 바지도 많으니 이것만으로 구분할 수는 없겠지만 말이다. 레깅스와 '일반' 바지의 차이가 뭘까 생각하다가 개인적으로 정리해 본 것인데, 실제 패션 업계에서의 정의는 모르겠다. 대략 이 정도의 구분에 많이들 동의하지 않을까.

이게 워낙 다리에 밀착되다 보니 거의 스타킹이나 속옷 수준이라서 "이것만 입고 긴 상의를 입지 않으면 보는 사람이 민망하다.", "바지를 입은 것 같지 않다."는 등의 '레깅스=바지 반대파'가 있는가 하면, "다리를 모두 덮고, 무엇보다 스타킹과는 재질과 두께가 완전히 다르다."고 하며 이것도 바지의 한 종류로 보기에 이상할 것 없다는 사람들도 있다.

나는 솔직히 중간파라고 해야 하나. 사실 뉴욕과 서울 두 도시에서 입고 다니는 차림새가 달라질 때도 있다 보니, 여기에선 아니어도 뉴욕에선 '괜찮은' 그런 옷이 레깅스이다. 나 역시 처음엔 뉴욕에서 사람들이 레깅스를 '바지'처럼 입고 다니는 모습이 생소해 보였다. 유학 전 한국에서 내게 레깅스는 '두꺼운 스타킹' 개념이었다. 원피스 혹은 긴 상의를 입을 때 '받쳐' 입는 하의 혹은 운동복 같은 느낌이랄까. 마치 헬스장에서 주는 헐렁한 트레이닝 반바지가 그곳에선 아무렇지도 않지만 그걸 입고 밖으로 나가게 되면 격에 맞지 않고 이상해 보이듯이, 적당한 장소에선 괜찮지만 '조금' 어긋나면 한없이 어색한 옷.

하지만 뉴욕에선 워낙 레깅스를 바지처럼 입고 다니는 사람들이 많아서인지 나중에는 그런 광경에 눈이 완전히 익숙해졌다. 나 역시 가끔은 그런 차림새로 거리에 나서는 것이 괜찮아졌을 정도였으니까. 물론 길쭉길쭉한 언니들처럼 레깅스에 짧은 상의까진 도전해 보지 못하고, 엉덩이는 꼭꼭 가려 주는 긴 상의를 챙겨 입긴 했지만 말이다.

이런 레깅스는 그야말로 작은 사례일 뿐이고, 그 외에도 뉴욕에서는 어색하지 않은 여러 패션 아이템들이 있다. 실제로 다양한 국적과 문화의 사람들이 모이다 보니 별의별 옷차림새를 다 본다. 옷을 못 입는다, 잘 입는다는 평가는 시대와 사회마다 다른 기준이 있을 테니 생각하지 않는다 해도, 일단 정말 엄청 다양한 스타일이 보인다. 무채색 옷만 고집하는 어느 유태인 집단의 패션을 따르는 사람, 자기 민족 전통 의상만 입고 다니는 사람, 패선 화보에서 튀어나온 듯 요즘 핫한 브랜드와 스타일로 빼입은 사람, 학교 로고가 새겨진 티셔츠에 그냥 적당히 아무 바지나 입은 사람, 한여름에 털이 북실북실한 어그 부츠를 신고 다니는 사람 등등. 워낙 많은 문화의 패션이 뒤섞여 있는 곳이다 보니 관대함이 생겨난 게 아닐까. 다시 말해, 저 사람은 저렇게 입는 곳에서 왔나 보다 하고 쉽게 이해하게 되는 것 말이다.

게다가 뉴욕이란 곳이 사람들의 피부색, 머리색을 명도, 채도별로 줄을 세울 수 있을 만큼 모든 인종이 다 모이는 데 아닌가. 각각의 색과 기럭지 혹은 비율에 잘 어울리는 스타일의 옷이 워낙 다양하다 보니 대부분의 패션을 그런가 보다 하고 용납하게 된 건 아닐까.

또한 뉴욕은 전 세계의 셀럽들, 패션 관계자들이 모이는 도시이니 유행에 아주 민감함과 동시에 그 흐름이 매우 빠르다. 어떤 스타일이 유행이라고 퍼질 때쯤이면 또 다른 것이 등장하고, 여러 가지가 동시에 몰려드니 소위 말하는 '유행하는 스타일'이 거리에 퍼질 새가 없다. 물론 진짜 유행의 선봉에 있는 사람들에겐 다른 얘기겠지만, 적당히 옷 입고 사는 나 같은 사람들이 보기엔 딱히 유행하는 스타일로 거리가 도배된 모습은 보지 못했다.

그리고 이건 한국과는 매우 다른 모습인 것 같다. 한국에선 한 스타일이 유행이면 모든 브랜드마다 비슷한 옷들이 나오고, 매체에서 인기 연예인이 입고 나오는 것은 곧바로 인터넷에 정보가 뜨면서 줄줄이 따라 입는 경향을 쉽게 볼 수 있다.

그렇다고 뉴욕이라고 남의 차림새나 스타일에 신경 쓰지 않는 건 아니다. 오히려 패션에 신경 쓰는 사람의 비중으로 따진다면 한국보다 훨씬 더 할 것이다. 가게에서 옷을 사기 위해 입어 보고 거울을 볼 때 직원도 아닌 그냥 지나가는 사람이 "너 그 옷 잘 어울린다. 꼭 사."라며 참견하는 경우도 훨씬 많다. 한번은 어떤 잡화점에서 물건을 사고 계산하려 줄을 서 있는데, 한 남녀가 다가와 "너 그 자켓 어디서 샀어?"라며 물어본 적도 있다. "소호 어느 가게에서 사긴 했는데 정확한 브랜드 이름을 모르겠어. 네가 한 번 내 재킷 라벨 볼래?" 하자 목덜미에 있는 브랜드 명을 확인한다고 내 옷을 까뒤집어 본 그 커플. 지금 다시 생각하니 직접 보라고 목덜미를 들이민 나나, 보란다고 또 그걸 본 그들이나 참 웃기다. 또 친구들끼리도 옷 입는 것에 무심한 척 하다가도 "너 지난번에 입었던 그 옷 예쁘더라. 어디서 샀어?" 하고 뒤늦게 코

멘트를 날리기도 한다. 아닌 척해도 남이 어떻게 입는지 샅샅이 다 스캔하는 뉴욕 사람들.

그럼에도 불구하고 뉴욕에 사는 사람들이나 그곳에 여행을 다녀온 사람들이 "뉴욕에선 훨씬 편하게 입었어." 라고 말할 수 있는 이유는 분명 있을 것이다. 나 역시 그랬으니까. 격식을 차려야 하는 곳과 아닌 곳의 구별만 한다면 평소에 어떻게 입던지 '불편한 시선'은 덜 주는 곳이다. 적어도 속옷의 끈이 보이지는 않을까 등의 염려는 안 해도 되는 곳이다. 끈 좀 보이면 어때! 학교를 다니면서 목격한 바로는 엘리트층의 대표라 할 수 있는 교수들도 속옷 끈 따위에 신경 쓰지 않았다.

하긴 세상의 모든 규칙, 의견이라는 게 결국 어느 집단 내의 것이니까 뭐라 하기도 그렇다. 그래서 좀 웃기지만, 속옷의 끈이 보이면 '흉하다'고 생각하는 여기에선 잘 가리고 다니고, 아무렇지도 않게 생각하는 저기에선 나도 덜 신경 쓰고 다니는, 이중적인 태도로 살게 된다.

햇빛에 대처하는 자세

여행객이 폭발적으로 늘어나는 여름, 매체를 통해 많이
알려진 가을이나 겨울과 달리 뉴욕의 봄은 상대적으로
덜 알려진 계절이다. 내 주위에도 "뉴욕은 역시 겨울이
지!"라는 사람들이 더 많은 편이고, 막상 한국에서 휴가
내고 여행 가기 쉬운 계절은 여름 아닌가. 그나마 가을은
영화 배경으로도 제법 등장한 것 같은데, 봄은 딱히 생각
나는 무언가가 없다.

사실 뉴욕에서 몇 해 지내다 보니 한국과 마찬가지로
봄이나 가을처럼 다니기 좋은 기온의 계절은 참 짧다는
걸 알게 됐다. 왜 해가 갈수록 여름과 겨울만 길어지고
날 좋은 간절기는 그리도 짧은지.

겨우내 움츠리고 있다가 해가 나오면 반갑다고 튀어
나가는 건 겨울이 있는 고장 사람이라면 누구나 마찬가
지인가 보다. 게다가 대체적으로 한국 사람들보다 햇볕

쬐기를 좋아하는 미국인들은 말할 것도 없다. 봄이 돼서 햇빛의 농도가 진해지면 다들 거리로 나온다. 너나 할 것 없이 두툼한 외투를 벗고 햇볕을 받으려 바쁘다.

그런 사람들을 옆에서 지켜보면 우리처럼 봄이 되면 꽃놀이 하러 간다는 개념보다는 그냥 햇볕을 쬐러 나간다는 생각이 큰 것 같다. 조금만 해가 진해도 여기저기 공원에는 돗자리를 펼치고 누워 있는 사람들이 쉽게 보인다. 남자들은 보통 상의를 탈의한 채, 여자들은 비키니 차림으로 온몸에 해를 받는다.

사실 이건 꼭 봄에만 해당되는 사항도 아니다. 한여름 살을 태울 듯 뜨거운 햇볕만 제외하면 모든 햇빛 환영인지 미국인들은 다들 시도 때도 없이 일광욕을 하느라 바쁘다. 요즘에야 한국에서도 태닝한 피부를 선호하는 경우도 많지만, 여전히 대부분 햇볕에 살이 노출되는 것을 조심스러워 하지 않나. 특히나 얼굴 피부는 기미나 주근깨라도 생길까 염려하며 모자로, 부채로, 양산으로 열심히 가리곤 하는데, 그런 것과 참 상반되는 미국 사람들의 일광욕 사랑. 한국 사람들은 햇볕을 너무 안 받아 문제라고 들었는데, 그에 비해 미국에선 사람들이 햇볕을 너무 받아 피부가 상한 모습도 곧잘 보인다.

저렇게 해가 좋을까 싶도록 공원마다 잘도 벗고 잘도 누워 있는 모습. 멀리 센트럴파크로 나갈 것도 없다. 뉴욕에서 학교 다닐 때 워싱턴 스퀘어 파크는 그런 일광욕 하는 사람들을 쉽게 보던 곳 중 하나였다. 워싱턴 스퀘어 파크의 잔디밭은 햇살 좋은 날, 누워서 볕 쬐는 사람들로 바글거렸다. 뭐라도 깔고 누우면 다행이고, 그냥 잔디밭에 털썩 앉거나 누워 있는 경우도 다반사. 처음엔 그 광경을 보고 '저게 무슨 일이람, 남사스럽게.' 하고 생각했다면, 나중엔 그저 '저 잔디에 얼마나 쥐똥이 많을까. 뭐 좀 깔고라도 눕지.'라고 여겼을 뿐.

기본적으로 우리와 미국 사람들은 '그을린 피부'에 대한 생각이 다른 것 같다. 물론 대체적인 생각에 대한 이야기일 뿐이다. 개개인의 의견은 얼마든지 다를 수 있다. 언제 누구에게 들었는지는 잊었지만 그들은 햇볕에 그을린, 다시 말해 원래의 피부색보다 어두워진 피부를 자랑스럽게 여긴다 한다. 구릿빛 피부가 건강미의 상징이 되기도 하지만, 해가 쨍쨍한 곳으로 휴가를 다녀올 수 있는 시간과 물질의 여유가 있는 것으로 보일 수 있다는 것이다. 그에 비래 허여멀건 한 피부는 일만 하는, 다른 것 할 여유가 없는 자의 표상이라나. 그런데 또 중요한 건 원래의 피부색과 달라야 한다는 것이다. 다시 말해, 갈색 혹은 검은 피부의 인종의 어두운 피부와는 구별한다는 것. 처음 이 얘기를 듣고 입에서 저절로 욕이 한 마디 나오긴 했다.

그렇다고 또 태닝을 즐기는 모든 백인을 싸잡아 욕할 생각은 없다. 그저 '차별하는 생각' 없이 실제로 태닝한 피부를 더 선호할 수도 있는 거니까. 가끔 길을 가다 팔다리 가득 얼룩이나 반점이 생기도록 태닝한 사람들을 보면 신기하기도 했다. 정말 피부병 환자로 보일 정도로 심하게 반점이 있는 사람들이 심심치 않게 보인다. 정말 그렇게나 햇볕이 좋다니 할 말이 없다.

그래서 공원에 사람들이 거의 헐벗다시피 한 차림으로 누워 있는 것도, 그런 광경을 보는 것도 드물거나 이상한 일이 아니다. 유학 첫해, 뉴욕에 도착한 지 얼마 안 돼 처음 본 '일광욕 풍경'은 내가 살던 아파트 단지 내 분수대 주변에 누워 있던 무리들이었다. 주말, 가을 햇볕을 쬔다고 살을 드러내고 있는 모습에 '아니 무슨 아파트 단지 안에서 저러고 있는담!' 하고 놀랐다. 이런 모습들이 뉴욕에서는 그저 해를 즐기는 일상으로 여겨질 뿐이다. 한국에서 누군가 공원 잔디밭에 비키니 차림으로 누워 있다면 온갖 시선 집중에 여기저기서 인증샷이 찍히는 등 이슈가 되지 않을까. 게다가 생각해 보면 한국 사람들은 이런저런 바쁜 일, 바쁜 생각에 그렇게 여유롭게 가만히 누워 있을 시간이 없을 것 같다. 가만 누워 햇볕을 쬐는 건 휴가지에서나 가능한 일이지 어디 감히 일상에서 꿈꿀 수 있는 일일까. 이 일분일초 바쁜 세상에.

물론 한국 사람 중에도 햇볕 쬐기를 유독 좋아하는 사람들이 있긴 하다. 내 가까이에도 있다. 우리 형부는 해 좋은 날 수영장이든 바다든 어디 가서 그냥 해 아래 누워 있는 게 좋다며, 시간 날 때 일광욕 가겠다고 언니에게 허락을 받곤 한다. 아무 것도 하지 않고 그냥 해를 쬐고 누워 있는다 한다. 허허. 나로서는 상상도 못할 일이다. 기미 생길까 염려되는 건 둘째 치고 덥고 뜨거워서 도저히 엄두도 못 낼 일인데 사람마다 참 다르구나 싶다.

그래도 일반적으로는 한국 사람들의 해 기피증이 더 쉽게 연상되는 것 같다. 요즘은 거의 헬멧 수준으로 얼굴을 가리는 신기한 형태의 썬캡도 많이 나오지 않나. 검은 스크린 같은 것이 얼굴 앞을 다 가려 주는 그런 모자, 챙이 엄청 넓어서 얼굴을 그림자로 다 덮어 버리는 모자 등등. 산책이나 운동하는 시간 동안 조금이라도 탈까 염려

되어 얼굴, 목 등을 다 가리고 심지어 장갑까지 끼고 다니는데.

재미있지 않나. 미국 사람이건 한국 사람이건 남 시선 신경 쓰는 건 마찬가지이지만 누군 피부를 태워서, 누군가는 태우지 않음으로 자신의 무언가 그러니까 시간 혹은 물질적 여유(?)를 보이려 하다니. 미국에서 지낼 때 우스갯소리로 "나는 너무 정직하게 시간과 물질적 여유가 없어서 못 태운 사람 맞지." 하곤 했는데, 요즘은 애 키우며 집에만 있느라 점점 더 누렇게 돼가는 건 아닌가 모르겠다.

4장

/

인간에 대한
예의

고맙다는 말이 어려운가요

알겠지만 영어에는 한국어 같은 존댓말은 없다. 그렇다고 존중의 개념이 없다는 뜻은 아니다. 이미 많이 알려진 부분이니 여기서 그에 대해 말하려는 건 아니다. 다만 모국어가 한국어인 사람으로서 영어를 쓸 때 두 언어의 서로 다른 차이에서 오는 애매모호함에 대해서 얘기해 보고 싶다.

처음 유학 생활을 하며 어려웠던 부분 중 하나가 (사실 지금도 마찬가지이지만) 호칭이었다. 이건 학교라는 곳 역시 직장이나 다른 사회 속 집단과 마찬가지로 '상하' 관계, 친분 관계가 있기 때문이다. 굳이 따옴표를 붙여 상하라고 한 것은 그것이 한국과는 좀 다른 개념으로 느껴지기 때문이다. 이를테면 교수와 학생. 이 관계를 흔히 상하 관계라고 표현은 하지만 막상 또 그렇게 부를 무엇도 아니라고 생각한다. 특히나 박사 과정인 경우 그 훈련의 일정 기간을 거치면, (비록 그 시간은 사람마다 학과마다 전공분야마다 천차만별이고 논문이라는 거대한 산을 넘어야 하지만) 결국 교수와 일종의 동료가 되는 셈이기 때문이다. 그렇기에 서로 잠재적 동료지만 또 그전에 훈련을 시키고 받아야 하는, 분명 위아래가 존재하는 관계인 것.

이런 관계인데 도대체 뭐라고 불러야 하는가. ○○교수님? '미국'이니까 자유롭게 이름으로? 정답은 '사람마다 다르다.'이다. 뻔한 말이지만 정말 그렇다.

일단 개인의 성격. 나는 중간에 지도 교수가 바뀐 특이한 케이스이기도 하다. 박사 과정의 경우 특히 미국은 교수가 지도 학생을 뽑는 것에 막강한 힘을 행사하기 때문이다. 뭐랄까, 박사의 경우는 학교와 학과도 물론 중요하지만 본인의 분야와 맞는 교수가 있어야 입학 자체가 가능하다. 아무리 유명한 학교에 좋은 과라도 내가 원하는 분야를 연구하거나 그것에 관심 있는 교수가 없으면 아무 소용이 없다. 적어도 미국은 그렇다. 그렇기에 당연히 학교도 중요하지만 "어느 학교에서 박사 했어."보다는 "어느 교수랑 '일'했어."가 그 분야 사람들을 만나 자신을 소개할 때 더 중요할 때가 많다. 그러니 학생들은 자신의 지도 교수가 해당 분야에서 두각을 나타내길, 히트

치는 책을 쓰길 바라게 된다. 그렇다고 일대일로 학생을 지정해서 뽑는 것만은 아니니 오해마시길.

아무튼 이런 상황이니 대부분은 학생을 '뽑아 준' 교수가 지도 교수가 되기 마련인데 난 그런 지도 교수가 중간에 바뀐 것이다. 뭐 설명하자면 너무 길고 복잡하고 골치 아프니 자세한 내용은 생략하지만, 당시 우리 과에서 나만 그랬던 것은 아니었고 결과적으로는 잘 된 것이었으니 문제는 없었다.

그럼에도 구구절절 얘기하는 것은 나의 첫 지도 교수였던 H나 나중에 바뀐 지도 교수 T나 성격들이 참 무난한 사람들이라 이들은 처음부터 자신의 이름을 부르라 했음을 말하려는 것이다. 본인을 '무엇'이라 부를지 첫 소개에서 알리는 것은 매우 중요하다. 단순히 그 사람의 성격에 따라 달라지기도 하지만 이후의 친분 발전 가능성도 거기에 있다.

실제로 본인의 지도 학생들에게만 이름을 허용하는 교수도 있다. 딱 '내 영역', '내 사람'만 챙기는 경우다. 이럴 경우, 지도 학생이 아니라면 꼬박꼬박 "프로페서 ○○" 이렇게 부르고 이메일을 쓸 때도 조심해야 한다. 그 교수가 "그냥 편하게 ○○이라고 불러."라고 하기 전까진 말이다. 이메일 마지막에 뭐라고 쓰는가도 친분에 따라 달라진다. 윗사람에겐 꼭 풀 네임으로 보내는 게 정중한 표현이다. 참고로 친구들끼리는 줄인 이름이나 이니셜로 대충 보내기도 한다. 그야말로 컴퓨터상의 전자메일인데도 그런 건 참 챙긴다. 만나면 그냥 "Hi."도 아닌 슬쩍 건네는 "Hey."로 대충 인사하면서. 그런데 생각해 보니 아무리 첫 만남이라 해도 "How do you do?"라고 인사하는 건 해 본 적도 들어 본 적도 없다. 내 또래라면 모두 아는, 중학교 1학년 영어 교과서에 꼭 있던 첫 인사말 아니던가. 내가 너무 옛날 교과서로 배워서 그런가.

나는 30년간 동방예의지국에서 살아서 그런지, 교수를 이름으로 부르기가 너무 어려웠다. 대단히 예의 차리며

정중한 사람 행세를 하고 싶진 않았는데 왜 그리 이름만은 불쑥 안 튀어나오는지. 그래서 처음엔 웬만해선 호칭을 부르지 않고 적당히 말을 시작하고, 이메일에서만 겨우 "Dear 누구" 이렇게 시작할 수 있었다. 뭐 나중엔 그냥 편하게 이름이 툭툭 나오게 됐지만.

그래도 공식적인 자리 등 처음 소개하는 곳에서는 "프로페서 ○○"로 소개하는 게 맞을 것이다. 아무리 나와 친한 교수라 해도 내가 소개하는 다른 사람과는 첫 만남일 경우 그 두 사람의 관계는 다른 영역이니까.

영어에서의 호칭을 생각하다 보니 흔히 쓰는 인사말도 떠오른다. 미국에 살다 보면 "Excuse me."와 "Thank you."가 입에 배게 된다. 그냥 워낙 많이 쓰니 어느 정도는 '영혼 없는' 입에 발린 말로 들릴 때도 많다. 아니면 두 말이 우리가 한국말에서 흔히 쓰듯 "여기요", "저기" 이런 정도의 의미라고 생각해도 될 것 같다. 그만큼 가볍게 쓰이기도 한다. 그래도 모르는 누군가가 엘리베이터 문을 잡아 줄 때, 어느 가게에 들어가려는데 먼저 들어간 사람이 출입문을 붙들고 있어 줄 때 친절을 받은 사람이 건네는 "Thank you."는 약간의 수고스러움이 갖는 무게를 한 방에 날려 버린다.

한국에 돌아와서 같은 상황일 때 당연하다는 듯이 가만히 있는 상대방에게 '뭐 잊은 거 없어?'라며 얼굴을 빤히 보게 되는 경험도 한두 번이어야 말이지. "고맙습니다."라는 말이 그렇게 어려운 말이던가. 유난히 쑥스러움을 많이 타는 국민성이라서? 그런 국민성은 참 별로다. 동방예의지국이라면서요.

또 가게에서나 어떤 건물 데스크에서나 그냥 용무가 끝나고 정말 많이 덧붙이는 말 "Have a nice day." 사실 이 말 못지않게 같은 뜻이지만 많이 쓰는 건 "Have a good one."이다. 저녁 때 "Have a good evening." 등으로 바꿀 것 없이 늘 통용될 수 있는 말이니. "좋은 하루/날/저녁 보내."라는 인사말. 처음엔 여기에 뭐라고 대꾸해야 할지 몰라 "Thank you."로만 끝냈는데, 많은 사람들이 "You too."라고 대꾸하는 걸 보고 나중엔 거의 조건반사적으로 대답하게 되었다. 가게에서 물건을 사고 나올 때, 학교에서 서류 처리를 끝냈을 때 등등. 이 또한 정말 영혼 1g도 담지 않고 입에 발린 인사말로 하는 경우가 대부분이긴 하다. 그럼에도 좋은 습관인 것 같다.

물론 아무 말에나 무의식적으로 "너도!"라고 하면 당황스러운 경우도 있으니 조심해야 한다. 아울렛이나 백화점 등에 쇼핑을 가서 물건을 사면 직원들이 "Have a nice shopping."이라 인사하는데 아무 생각 없이 "You too."라고 해 버리면 곤란하니까. 여러 번 해 보고 내뱉자마자 아차 했던 한 사람의 경험담이다.

웰컴 투 뉴욕에 담긴 인종차별

유학 첫해에는 페이스북에 빠져 지냈다. 지금은 거의 '활동'하지 않고 사람들의 소식을 전해 듣거나 전화로 연락하기 어려운 상대와 메시지를 주고받기 위한 용도로만 사용한다. 그때 그토록 페이스북을 많이 했던 건 다른 사람들이 궁금해서였다. 그야말로 사람들의 소식을 듣고 보고 싶어서. 나중에는 마음을 터놓고 지내는 친구들이 여럿 생겼지만 유학 초기만 해도 아직 모두가 낯설고 어색해서 자꾸 원래 알고 지내던 사람들의 소식이나 들으려 했던 것 같다.

게다가 처음 페이스북을 하게 된 것도 유학생 모임의 일종인 어떤 그룹이 페이스북에 사이트를 열어 그곳에 가입해야만 했기 때문이었다. 그 덕에 뭔가 나의 유학 생활의 시작을 함께 한 친구가 되어 버린 기분. 어쨌든 그때는 지금과 달리 그냥 아는 사람이면 별 생각 없이 친구로 추가했고, 그래서 막상 만나면 잘 모르는 사이인데도 나름 소식을 알고 지내는 그런 지인들이 생겨났다.

그중 한 사람은 한국에서 다니던 교회의 아는 동생이 었다. 지금은 이름도 생각 안 나는 예쁘장한 어떤 아이, 나보다 몇 살 어렸던 것 같은데 내가 미국으로 유학을 갔을 때쯤 그 아이도 유럽 어딘가로 유학을 갔나 보다. 어느 나라였는지는 기억나지 않지만 다양한 인종이 섞여 사는 서유럽 국가 중 하나였다. 그 아이의 페이스북에 포스팅이 자주 올라왔는데 그날그날의 일상을 적었던 것 같다. 오늘은 무얼 했고, 누굴 만났고, 이러이러했다, 식의 그냥 가벼운 이야기.

이름도 기억하지 못하는 잘 모르는 아이인데도 그 포스팅들이 생각나는 이유는 어느 날부터인가 그 아이가 사용했던 단어가 나를 몹시 불편하게 했고, 결국은 페이스북에서의 친구 사이를 끊어 버렸기 때문이다. 나는 내가 SNS상의 관계를 끊었기에 기억을 하지만 그 아이는 우리가 페이스북에서 친구였는지조차 기억하지 못할 수 있다. 그 정도로 우리는 서로에게 그냥 '아는 사람'일 뿐이다. 아니 아는 사람이'었'다. 지금은 길에서 만나면 알아보지도 못할 것 같다.

나를 불편하게 했던 그 단어는 '고릴라'였다. 혹은 '침팬지'였을지도 모른다. 뭔가 거대한 영장류를 가리키는 말이었다고 기억한다. 그리고 그 말은 그 아이가 자신에게 호의를 베푸는 어떤 흑인 친구를 가리켜 한 말이었다. 분명히 포스팅을 읽다 보면 그 흑인 친구가 유학 와서 아직 적응하려 애쓰는 이 아이를 도와주려 하고 있음을 알 수 있었고. 그런데 그 아이는 자신의 친구와 "그 고릴라가 오늘도 자꾸 와서 말을 거는데, 무슨 말인지 못 알아들어서 혼났어."라는 식의 댓글을 주고받으며 웃었다. 내가 그 댓글을 저장해 둔 것이 아니니, 정확히 기억나지는 않지만 대강의 뉘앙스는 이랬다. "잘 해 주려는 건 알겠는데 너무 무섭게 생겼단 말이야."라는.

어쩌면 무심코 한 말이었을지도 모르지만 그 이후로도 계속해서 그 단어를 사용해 그 흑인 친구를 거론하며 '재미있는' 포스팅을 올리고, 친구들의 "너 왜 이렇게 웃겨."라는 식의 반응을 즐겼던 것 같다. 이건 분명히 기억이 난다. '이걸 재밌어 하는 친구들이구나.' 하며 또 충격을 받았기 때문에.

그 아이가 어떤 악의가 있어 그 흑인 친구를 영장류로 표현했을 거라 생각하진 않는다. 그때도 그럴 거라 여기진 않았다. 그저 '낯선' 외모의 사람이 베푸는 호의가 처음엔 어색해서 '생김새'를 표현할 단어를 찾다가 마땅한 게 떠오르지 않아 그렇게 불렀을 수도 있다. 하지만 그건 적어도, 나처럼 친하지 않은 사람을 포함한, 아무나 다 보는 인터넷상에서 아무렇지도 않게 사용할 수 있는 단어는 아니라고 생각했고 지금도 그렇게 생각한다. "좀 잘못된 표현 같은데 다른 말로 바꿔 보면 어떨까?"라고 조심스럽게 메시지를 보내야 하나 고민했을 정도로 그 포스팅들이 너무 보기 싫었다. 나중엔 화가 나서 그렇게 말하는 게 너의 '무식함'을 드러내는 거란 걸 왜 모르니, 하고 쏘아붙이고 싶을 지경이었다. 그래서 그냥 미련 없이 친구 사이를 끊어 버렸다.

그 아이는 자신의 표현이, 어쩌면 무심코 사용한 단어가 가장 '유치한' 인종차별이라는 걸 몰랐을 거다. 간혹 서양권에서 들려오는 뉴스로 "길게 찢어진 눈"과 같이 외모로 동양인 누군가를 표현하는 것이 문제가 될 수 있다는 건 이제 제법 알려진 이야기이다. 그저 자신이 '재미를 위해' 쓴 단어에 '인종차별'이라는 딱지가 붙을 수 있다는 걸 알게 되면 화들짝 놀랄지도 모르겠다. 그만큼 제삼자가 보기에도 그 아이의 말투에 적대감은 없었다.

하지만 몰랐다고, 몰라서 쓴 표현이라는 변명에 매번 너그러이 넘어갈 수는 없다. 성별, 인종, 국적 등등 세상의 모든 잘못된 차별들은 몰라서 그랬다는 무의식에서 비롯되는 것들이 너무나 많기에 그런 무지는 경계와 철폐의 대상이다. 나 역시 모르고 잘못 사용하는 말이 참 많을 텐데, 사실 이것들은 누군가 알려 주기까지 기다리지 않고 적극적으로 배우고 알아서 쓰지 말아야 할 것들이다. 그 아이에게 "잘 알지도 못하는 이 언니가 왜 오지랖이지."라는 말을 들었더라도 메시지로나마 얘기를 해 주었어야 하나 생각도 든다. 바라건대 내가 아닌 누군가가 더 지혜로운 방법으로 깨우쳐 주었길.

글을 쓰다가 혹시나 싶어 페이스북으로 들어가 건너건너 그 아이를 찾았다. 이 아이 이름이 이거였나 싶을 만큼 생소한데 어쨌든 여전히 유럽 어딘가에 지내고 있는 듯하다. 이전에 날 경악하게 했던 그 포스팅이 아직 있을까 싶어 둘러보니 '다행스럽게' 다 지워져 있다. 혹은 이제 페이스북 친구 사이가 아니니 내가 못 보는 설정으로 여전히 남아 있을지도 모르겠다.

누군가는 별 생각 없이 하는 말들에 참 뾰족하게 생각

하고 산다고 여길 것이다. 분명히 '피곤한 여자네.'라고 생각할 것이다. 꼭 이럴 때 또 포인트는 '여자'다. 사실 나 스스로도 그냥 좋은 게 좋은 거지 하거나 적당히 넘어가자 하며 타협하는 경우가 많다. 아예 자각하지 못하는 때는 아마 더 많을 거다. 하지만 옳은 것에 대해서는 아는 티를 내야 하고, 불편한 건 불평해야 한다고 생각한다. 그렇지 않으면 아무 것도 바뀌지 않는다.

유학 중에 인종차별을 받은 경험이 있는지 물어보면, 답은 "그렇다."이다. 내 면전에 대고 "노란 피부야, 집으로 가." 식의 말을 한 적은 없지만, 차별은 참 교묘한 방법으로 행해지는 경우가 더 많은 법이다. 쓰면서 생각해보니 어디선가 술 취한 젊은이 무리가 길에서 그런 비슷한 말을 외쳤던 것 같기도 하지만 나를 꼬집어 한 말은 아니었으니. 어쩌면 내 얘길 듣고 누군가는 "그걸 왜 차별이라고 생각하지?"라고 할지도 모르겠다. 그만큼 곱씹어 보지 않으면 한 귀로 듣고 한 귀로 흘릴 수 있는 말도 있었으니까.

예를 들면 이런 거다. 뉴욕에 살면서 여기저기 다니며 참 많이 듣던 말 중 하나가 "Welcome to New York."이었다. 이게 왜 차별의 말일까 싶은 사람도 있겠지만, 처음 그 말을 들었을 땐, '대부분 그냥 인사치
레 하는 말이겠지만 뉴욕에 온 지 얼마
되지도 않았으니 환영해 주니 고맙네.'
라고 생각했다. 하지만 이건 그냥 학교에
서나 어떤 모임에서 듣는 것으로 끝나지
않았다.

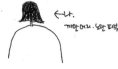

   인사하고 참견하기 좋아하는 미국
사람들은 내가 가게에 들어가 구경하
고 뭘 물어봐도 가끔씩 "Welcome to
New York."이란 인사를 날렸다. 그냥 습관적인 인사인가
보다 싶다가도 조금씩 그 인사가 쌓이니 점점 불쾌해졌
다. 그들은 내가 뉴욕에 사는 사람인지 방문객인지 알지
못하고, 알려 하지도 않고, 그냥 내 외모만 보고 평가하는
경우가 대부분이었다. 내가 모자란 발음으로 영어를 해서
'외지인이로군.'이라 생각할 틈이라도 있었다면 한 발 물
러서겠지만, 정말 대개는 말 한마디 나누기도 전 동양인
이라는 것만으로 나에 대한 모든 판단이 끝나 있다.

   더 구체적인 일화로 이런 예가 있다. 뉴욕에는 조금만
규모가 있거나 조금만 고급인 식당을 가면 입구에 손님
을 맞이하는 직원이 따로 있다. 엄청 비싸고 좋은 식당이 아니더라도 이런 경우가 흔하다. 그리고 보통 그런 직원은 방문한 손님의 인원수, 예약 여부 등만 고려해서 자리를 안내하는 역할과 담당 테이블 직원을 연결해 주는 역할까지만 맡는다. 그러다 보니 이런 직원이 손님과 하는 대화는 인사 후 "예약했니?", "몇 명이니?", "좋은 시간 보내." 정도로 끝난다. 좀 큰 규모의 식당은 이런 직원이 좀 여럿인 경우도 있어서 '나'를 응대하는 직원 이외에는 실제 대화를 나눠 보지 못하는 직원이 있을 수도 있다.

이런 경우 동양인에 대한 선입견은 열심히 발동한다. 기분 좋게 식사를 마치고 나가려는 찰나 나를 그리고 내 동양인 일행을 본 안내 직원이 인사를 한다. "Thank you and have a nice one." 여기까지면 좋았으련만, 꼭 덧붙이는 말이 있곤 하다. 좀 더 친절하게 해 주고픈 마음에서 나온 건지는 모르겠지만, "Welcome to New York." 갑자기 뉴욕에 와서 환영한다니 이게 무슨 개똥같은 말인가. 내가 동양인이니 여기 사는 사람일 거란 생각은 안 나는 건가.

그냥 단순히 좀 살았으니 나도 현지인 취급을 받고 싶다는 건 결코 아니었다. 난 유학 중에도 줄곧 한국으로 돌아갈 거란 생각을 하면서 지낸 사람이라 스스로 '현지인'이라는 생각은 별로 들지 않았다. 그럼에도 그런 말을 들으면 '난 여기에서 생활하는 사람인데, 내가 언제 여기에 온 줄 알고 웰컴이라는 걸까?', '내가 만약 여기에서 직장을 구해 계속 살게 되어도 난 언제까지고 웰컴이라는 소리를 들어야 할까?' 등등의 생각이 꼬리를 물고 이어진다. 나는 그렇다 쳐도 여기 사는 다른 동양인들은? 멜팅팟이라는 이 나라에서? 뭐 이리 까칠하게 생각하나 할 수 있겠지만, 이런 인사는 꼭 동양인에게만 적용되기 때문에 기분이 나쁜 거다. 누가 봐도 관광객 차림에 카메라를 매지 않은 이상, 대부분 서양인들에게는 웬만해선 그런 인사를 건네지 않기 때문에.

이런 적도 있다. 어느 해 여름에 남편과 함께 비앤에이치B&H에 카메라 구경을 갔다. 사고 싶은 카메라를 이리저리 보고 있는데, 한 백인 남자가 다가와서 다짜고짜 중국말로 나에게 말을 걸었다. 그 사람은 직원도 아니었고, 나처럼 그냥 카메라를 구입하기 위해 구경 온 사람이었다. 정확히 뭐라고 했는지 기억나지 않지만, 인사 외에도 뭔가 다른 말을 건넸다. "너 여기 처음이니?" 혹은 "카메라 사러 왔니?"와 같은 그야말로 말을 거는 질문.

나는 개인적으로 중국을 참 좋아하는 사람이다. 중국

어를 오래 공부하기도 했고, 중국에 여행 가는 것도 좋아한다. 나를 중국인으로 오해하는 것 자체는 기분 나쁜 일이 아니라 생각한다. 하지만 모든 동양인을 중국인이라 생각하는 그런 '기본적인' 생각은 참을 수가 없다. 그건 정말 너무 무식한 것 아닌가. 아무리 중국 인구가 많아 전 세계에서 가장 많은 동양인, 만날 확률이 가장 높은 동양인이라 해도 말이다. 우리도 서양 사람을 보면 너무 쉽게 영어로 말을 걸고 "Are you American?" 하는 따위의 질문은 안 했으면 좋겠다. 진심으로.

그때 나는 인사를 무시하면 내가 중국인이 아니라는 걸 알려 주는 방법이라 생각했지만, 그 백인 남자는 계속해서 질문을 했다. 참 끈질기다 싶을 정도로. 나는 어느 정도 중국어를 할 줄 알아서 그 사람의 말을 모두 알아들을 수 있었는데, 그렇다고 내가 중국어로 대꾸를 할 것도 아니고, 너무 듣기 싫어서 "I am not a Chinese." 하며 말을 끊어버렸다. 그러자 그제야 "아, 미안."이라며 "어디에서 왔니?"라고 묻는다. 한국에서 왔다고 대답하고 그냥 휙 자리를 떴는데, 지금 생각해 보면 어디 유럽이나 남미나 전혀 다른 곳으로 답할 걸 그랬다. 아니면 그냥 캘리포니아에서 왔다고 하거나. 동양인 외모로 서양 국적을 가진 사람이 얼마나 많은 세상인데.

사실 한국에도 이제 '외모'는 달라 보여도 한국인인 경우가 얼마나 많은가. 그래서 아무리 외국인처럼 보여도 첫인사는 꼭 "안녕하세요."로 하는 게 맞다고 들었다. 그만큼 외모로 판단하는 일은 조심해야 하고 신경 써야 하는 것인데, 하물며 모든 인종이 모인 미국에서 '아직도' 그러다니.

조금 다르게 들릴 수도 있지만, 결국 아시아인이라 무시 받는 또 다른 예는 '나'를 '한국 음식'과 동일시하는 경우이다. 이를테면 내가 한국에서 온 걸 알고 "미안한데, 난 김치를 안 좋아하거든."이라며 말을 시작하는 경우에 당황스럽다. 왜 김치를 안 좋아하는데 나한테 미안하지? '나=김치'도 아닌데. 그런 사람들은 파스타를 좋아하지 않는다고 이탈리아 사람한테 미안해하진 않는다. 내가 콜라를 안 마신다고 해서 미국 사람 보기를 껄끄러워 해야 하나?

'아시아의 어떤 나라' 혹은 '제3세계 국가'의 사람들은 그 나라 '전통 음식'과 같은 취급을 받는 기분이다. 내가 전통 음식 자체가 된다. 아시아의 한 국가 출신인 나는 다른 아시아 음식인 똠양꿍을 좋아하지 않는다고 태국 사람에게 미안해하지 않는다. 그건 그저 개인의 기호이고 취향일 뿐인데, 이 21세기에 아직도 내가 한 개인으로서보다 국적과 출신이 내 이름표가 되어 그에 따라 대우받아야 하다니. 생각할수록 씁쓸함을 넘어서 화가 난다.

뉴욕의 한국인들

뉴욕만큼 다양한 국적과 인종의 사람들이 모여 사는 곳이 또 어디 있을까. 잠깐씩 머물다 가는 사람들까지 치자면 얼마나 또 많을지.

알다시피 뉴욕엔 그곳에서 태어나고 자란 한국계 미국인, 삶의 중간에 터전을 옮긴 이민자들은 물론 유학생, H 비자(미국 내 미국 기업에서 일하는 외국인에게 발급하는 취업 비자)를 받고 일하는 직장인들, 여행객들까지 한국인의 얼굴을 하고 지내는 사람이 참 많다. 그러니 한국에서처럼 그 많은 사람들을 다 아는 척 하기란 당연히 불가능하고, 마주친다고 특별히 반가울 것도 없는 그런 존재가 뉴욕의 한국인이다.

내가 경험한 바로는 (한국인의 국민성이라고까지 말하기엔 좀 거창할 수 있지만) 한국인들은 외국에서 만났을 때 서로 그다지 반가워하지 않는 성향을 가진 존재 같다. 분명히 얼핏 보이기로는 핸드폰 화면 위 한글이 있는데, 혹은 조금 전까지만 해도 저들끼리 한국말로 이야기하는 걸 들은 듯한데, 다른 한국인 그룹과 눈이 마주치기라도 하면 뭔가 모른 척하는 그런 분위기를 풍기는 경우가 많다. "나 한국인 아니야, 한국말 못 알아들어."라고 하는 듯한 표정은 덤.

누가 봐도 관광객의 차림새와 행동인데 아닌 척하는 그런 태도. 입을 꾹 다물고 '나 여기 잘 알아. 너랑은 달라.' 하는 듯한 분위기. 아, 이걸 어떻게 설명해야 하나. 몇 년 그곳에서 지내다 보니 뭔가 애매한 그런 거리 혹은 거리감을 갖고 싶어 하는 이들이 굉장히 많다는 것을 알게 됐다. 혹은 그 거리감에 대해 막연한 거부감을 표현하는 이들도 있고.

한번은 남편에게 이런 일이 있었다. 뉴욕의 관광 명소 중 하나로 유명한 첼시 마켓에서의 일이다. 첼시 마켓은 관광객들에게 볼거리, 먹을거리 많은 매력적인 곳이기도 하지만, 현지인들에게도 이런저런 물건을 사러 가기 좋은 장소이니 늘 사람들로 넘쳐 난다. 남편이 약속 장소를 첼시 마켓으로 해서 한국인 친구를 만나러 나간 일이 있었다.

워낙 사람들이 많아 시끌시끌한 와중에 친구와 점심을 먹고 있는데 옆에서 누가 말을 걸었더랬다. 정확히 뭐에 대해서였는지는 기억나지 않지만 어떤 가게의 위치를 물었다든지 했던 것 같다. 남편이 보기에 분명 한국인 같은 여자 둘이었는데, 영어로 물어보니 영어로 답을 해 줬다고. 딱히 불친절하지도 않게, 그냥 물어보는 것에 최대한 아는 대로 답을 해 주고 땡큐로 끝난 대화였다.

그러다가 화장실 가려는 줄에서였는지 첼시 마켓 안 어디에선가 그 여자 둘을 다시 마주쳤는데, 그때 남편이 친구와 한국말로 열심히 얘기하는 걸 '드디어' 보게 된 그들. 갑자기 남편 들으라는 듯이 "아 뭐야, 한국인이잖아. 근데 왜 영어로 얘기했대? 재수 없어."라고 큰 소리로 말한 여자1. 남편은 황당했지만 다시 볼 사람도 아니고 하니 싸우지 않으려 그냥 못 들은 척하고 말았단다. 그래도 생각할수록 이상하고 화난다며 집에 돌아와 씩씩거리며 나한테 얘기해 줬다. 그저 영어로 말했기에 영어로 답을 해 줬고, 그 사람이 한국인처럼 보이긴 했지만 확실하지도 않으니 그냥 "한국인이세요?" 물어보며 대화를 이어 나가지 않고 질문에 답만 해 주고 말았을 뿐인데.

알고 보니 한국인이 분명한데 영어로 이야기하면 무언

가 아니꼬운 건지. 왜 남편의 태도는 "재수 없다."는 말을 들어야 했을까. 이런 일들이 쌓이다 보니 결국 뉴욕에서 처음 만난 한국인들은 서로서로에게, 혹은 적어도 나와 남편에게는 그런 애매한 거리가 느껴지는 사람들이 되곤 했다.

그러고 보면 한국에도 이제 외국인 근로자들, 다문화 가정에서 태어난 자녀들까지 이전과는 다른 얼굴의 한국인들이 많아졌다. 그렇기에, 다시 한 번 말하지만, 일단 한국에서 만나는 사람이라면 그 모습이 어떠하든 간에 처음에는 "안녕하세요."로 인사를 하는 것이 맞는 인사법이라는 것. 이후에 한국말을 못한다든지 한국인이 아니라고 하면 그때 적절한 언어를 선택해 대화해도 늦지 않을 테다.

러시 티켓

3년의 치열했던 코스웍 과정을 끝마치고, 남편과 뉴욕에
서 함께 지내던 마지막 해에는 열심히 '문화생활'을 했
다. 남편은 1년 과정의 유학이었는데, '마누라 덕'에 생
활비 비싼 도시에 왔으니 그만큼 다른 도시에서는 즐길
수 없는 문화 혜택이나 한번 제대로 누려 보기로 했다.

알다시피 얼마나 많은 볼거리, 구경거리가 있는 도시
인가. 그중 우리 부부가 공을 들인 분야는 클래식 음악
과 미술 전시였다. 앞서 말했듯이 엔와이유나 콜롬비아
두 학교 모두 나름대로 미술관과 연계된 프로그램이 있
어 우리는 각자의 학생증으로 입장권을 할인 받아 전시
를 구경할 수 있었다.

음악의 경우도 비슷해서 각 학교마다 많은 공연의 학
생 티켓을 어느 정도 확보해 놓고 학기 초에 리스트를 공
개하며 학생들에게 저렴하게 제공한다. 물론 이런 것들

은 인기가 많으니 티켓을 확보하는 것은 치열한 경쟁이
었다. 특히 뮤지컬 티켓이 인기였다. 스포츠 경기 티켓도
저렴이 버전을 학교에서 제공하곤 했는데, 일주일 전에
티켓을 오픈한다든지 해서 진행했다.

　우리는 둘 다 클래식 음악을 좋아하는 편이라 뉴욕 필
하모닉의 공연과 오페라 공연을 가능한 한 많이 보고 싶
었다. 알고 보니 학교에서 제공하는 학생 티켓보다 뉴욕
필이나 메트 오페라 자체 홈페이지에서 운영하는 '러시
티켓'이 더 저렴하고 좋은 좌석일 경우가 많아 우리는 후
자를 많이 애용하였다. 러시 티켓은 그야말로 공연 막판
에, 보통 당일 저녁 공연 티켓을 정오 즈음에 제공하는
일종의 '떨거지 좌석' 티켓이다. 공연을 관람하기에 그다
지 좋지 않은 좌석이라서 남아 있거나 공연 자체가 인기
가 별로 없어 좌석이 남는 경우 비워 두느니 싸게라도 공
급해서 볼 사람은 보도록 좌석을 채우는 시스템이라고
이해하면 된다.

　러시 티켓을 통해 이전까지 성악이나 오페라에는 관심
이 없던 내가 '오페라도 참 재미있구나.'라고 알게 된 일
년이었다. 참 많이도 관람했다. 어떤 때는 운 좋게 러시
티켓이 일주일에 두 번이나 당첨돼서 보러 가기도 했다.

현재는 러시 티켓 운영 방식이 달라져서 한 아이디당 일주일인지 한 달인지를 기준으로 한 번씩만 시도할 수 있게 되었지만 우리가 보던 때만 해도 그런 규정이 없었다.

"아무리 그래도 그런 공연은 비싸지 않아?"라고 할지도 모르지만 러시 티켓은 일인당 20불 정도밖에 하지 않는다. 비록 좌석은 그리 좋지 않다 해도 충분히 음악을 듣고 공연을 즐길 수 있는 자리이다. 정말 소리가 좋고 무대가 잘 보이는 좌석은 몇 백 불씩도 하는 것과 비교하면 20불은 정말 싼 가격이었다. 그리고 그렇게라도 좋은 공연을 볼 수 있는 것에 감사했다.

정말이지 멋지게 드레스 업을 하고 좋은 좌석에 앉아 공연을 관람하는 사람들과는 비교할 수 없겠지만, 주머

두 도시의 산책자

니 사정이 좋지 않은 학생으로서는 그 정도만으로도 제대로 기분 전환이 되고 행복해질 수 있는 시간이 되었다. 기대하던 공연을 볼 때면 나름대로의 드레스 업도 하고 갔고. 특별히 드레스 코드가 있지는 않지만 반바지에 슬리퍼 차림은 찾아보기 힘들다.

요즘도 라디오에서 그때 들었던 음악이나 노래가 나오면 즐거운 추억을 떠올리곤 한다. 딸에게도 "너도 배 속에서 들었지?"라고 말해 주면서.

그렇게 뉴욕에서 좋은 공연들을 많이 본 우리는 한국에 돌아와서는 음악회 한 번 제대로 간 적이 없다. 일단은 아이가 어리니 누군가에게 맡기고 긴 시간 공연을 본다는 것이 쉽지 않기도 하지만, 우리가 감당할 수 없는 공연 티켓 가격에 좌절하기 때문이다.

한번은 남편이 지인들 중 몇몇 클래식 애호가들과 이야기를 나누며, 뉴욕에서 지낼 때 러시 티켓이라는 좋은 제도가 있어 수준 높은 공연을 감사하게도 저렴하게 볼 수 있었고, 한국에도 그런 문화가 생기면 좋겠다고 말했는데, 이상하게 반응하는 경우가 많았다고 한다. 왜 나는 비싼 돈 지불하고 좋다는 공연을 관람하는데, 누군가는 싸게, 아무리 남는 좌석이라 해도, 같은 공연을 볼 수 있냐는 반응이 돌아왔다는 것이다. 주머니 사정이 다르면 각자의 능력대로 값을 지불하고 보면 되지 않을까. 어차피 똑같은 좌석도 아닌데. 조금 불편하고 안 좋은 좌석을 싼 가격에 보면 안 되는 건가. 돈이 없으면 좋은 공연을 볼 자격도 없는 건가. 아무리 자본주의 시대라지만.

이야기를 들은 나는 돈 많은 사람이 참 옹졸하다 싶었다. 실제로는 남편에게 "와, 그 사람 돈도 그렇게 많으면서 진짜 쪼잔하다!"라고 했다. 곱씹을수록 못됐다는 생각이 들었고. 모두가 그런 것은 아니겠지만 그게 배가 아픈 사람들도 있어 한국에 러시 티켓 같은 시스템을 못 들여오나 씁쓸했다.

난로 위 옥수수차

겨울이 되며 요즘 일하고 있는 사무실에 석유난로를 들였다. 아무리 곱씹어 봐도 이런 석유난로를 집에서 썼던 기억은 내게 없다. 기억 속에 존재하지 않는 더 어린 시절엔 어땠는지 모르겠지만. 그래도 이런 난로가 정겹게 느껴지는 것은 어릴 때 들락거렸던 가게나 다니던 작은 학원 등에서 봤던 인상이 남아서이다. 처음 켜거나 마지막에 끌 때 나는 약간 매캐한 냄새도, 나선형 손잡이를 잡고 심지 통에 공기를 넣어 줄 때 나는 쇠가 살짝 긁히는 소리도 낯설지 않다.

친언니가 이 원고를 읽더니 "너 기억 안 나? 우리 어릴 때 집에 석유난로 있었잖아." 하는데, 무려 내가 한 살 때, 언니는 네 살 때 살던 집 이야기다. 그렇게까지 기억력이 좋지 않아 도저히 기억나지 않습니다만, 그때의 냄새나 소리가 내 뇌세포에 새겨져 있을지는 모르겠다.

난로를 들인 후 생긴 작은 즐거움은 그 위에 주전자를 얹어 옥수수차를 끓여 마시는 일이다. 주전자에 물을 채운 후, 티백이 아닌 차를 우리기 위한 용도로 잘 구워진 커다란 옥수수 알맹이를 두 움큼 쥐어다 넣고 끓기를 기다린다. 난로가 따뜻해지면서 주전자에서는 잠깐 불편한 소리가 나는 듯하다가 물이 팔팔 끓어오르는 보글거림이 들린다. 그렇게 잘 끓여진 옥수수차를 조심스레 컵에 부어 마시면 "아 좋다." 소리가 절로 나온다. 옥수수차는 맹물보다 구수한 것은 물론 혀에 살짝 감기는 맛이 있는데 그게 참 좋다. 카페인 없이 그냥 이렇게 따뜻한 곡차를 마시는 게 몸에 좋은 일을 하는 것 같은 기분도 들고. 부담 없이 홀짝홀짝 자꾸 들이키다 보면 화장실을 자주 들락거리게 되는 게 불편이라면 불편이다.

이런 고마운 마실 거리를 제공해 준 옥수수 알맹이들은 지난 초가을, 둘째를 갖고 입덧을 하던 때에 마시려고 사 둔 것이었다. 목이 너무 마른데 물을 벌컥벌컥 마시면 자꾸만 울렁거리고 구역질이 나서 맹물 대용으로 마실 거리를 찾던 중에 주문했다. 결과적으로는 옥수수차도 마찬가지로 한 번에 많이 못 마셔서 한 번 끓인 뒤 찬장 신세를 지다 사무실로 오게 되었지만.

참 무기력하고 서러웠던 몇 달이었다. 혼자 겪는 입덧도 아니고 임신한 사람의 반 이상은 다 경험할 듯한 것인데, 알면서도 그 시간을 견디기는 참 힘들었다. 하루 이틀 감기로 앓아도 기운이 처지기 마련인데, 몇 주, 몇 달을 제대로 먹기는커녕 마시지도 못하니 앉으나 서나 누워 있으나 괜스레 서럽다고 느껴졌다. 목이 너무 마른데 물도 제대로 못 마시다니. 난 남들과 비교했을 때 유난스럽게 심한 입덧이 아니었는데도 그랬으니 웬만한 입덧을 경험한 사람이라면 그 '참담한' 심정을 알 것이다. 어느 날 아침엔 구역질이 날 때 나더라도 일단 물 좀 시원하게 마셔 보자 싶어 자고 일어나자마자 찬물을 벌컥벌컥 마셨다. 그리고는 곧바로 화장실로 달려가서 방금 마신 물을 그대로 구역질해 뱉어 버렸다. 아직 차가운 채 그대로.

첫째를 임신 중이던 때도 입덧 기간엔 물을 잘 못 마셨다. 입덧 증상 중 하나라고 하니 나만 그런 것도 아닌가 보다. 뭐든 마셔야겠어서 안 마시던 탄산수도 마셔 보고, 우유도 홀짝이고, 이것저것 수분을 공급해 줄 수 있는 것들을 찾아 마셨다. 그러다가 한인 마트에 가서 옥수수와 둥굴레차 티백을 한 아름 사와 커다란 냄비 한가득 끓여 500ml 용량 유리병 서너 개에 나눠 담아 마시곤 했다. 그때도 사실 처음엔 옥수수차를 잘 못 마셨던 것 같다. 입덧이 끝나고부터 열심히 끓여 마셨고.

두 번의 입덧 모두 5주, 6주차쯤부터 시작했는데, 첫째 때 입덧을 시작하기 전에 그런 말을 한 적이 있다. "입덧은 안 하는 사람도 있는 걸 보면 이건 심리적인 요인이 큰 거 아니야? 맘 단단히 먹고 기다리면 입덧 안 하고 넘어가지 않을까? 난 심지 강하게 잡고 휘둘리지 않을 거야." 정말 오만방자하기 짝이 없는 말을 했더랬다. 입덧의 명확한 요인이 밝혀지지 않았다는 말도 있고, 임신 호르몬 때문이란 말도 있고 하지만, 어쨌든 몸 안에 또 다른 생명체가 자라니 그에 대해 몸이 반응하는 게 어쩌면 당연하지 않을까? 체질에 따라 그 정도나 반응은 다르게 나올 수 있겠지만 말이다. 저 말을 뱉고 곧 얼마나 후회했던지.

힘들지 않은 입덧이 어디 있으랴 싶지만 첫째 입덧 중에 특별히 괴로웠던 것은 한국 음식이 많이 생각난 것이었다. 분명 한국 음식점도 즐비하고 웬만한 재료도 다 구할 수 있는데, 그 맛은 내가 원한 그 맛이 아니었다. 생각 나고 먹고 싶은 것은 많은데, 왜 그런 것은 잘 안 보이는지. 나는 쥬키니가 아닌 애호박이 먹고 싶은데, 공심채가 아닌 미나리가 먹고 싶은데 구하기 쉽지 않아 포기해야 했다. 밤이면 남편이 자고 있는 침실에서 가만히 나와 거실 소파에 비스듬히 누워 '회무침', '한국식 스키다시' 이런 것들을 검색하고 눈물을 찔끔 흘렸다. 또 때로는 '한국식 이탈리안' 같은 것들이 그립기도 했다. 정통 이탈리안 음식은 뉴욕에서 먹을 수 있지만 한국식으로 변형된 파스타가 먹고 싶었다. 한국에서 길들여진 입맛은 쉬이 변할 수가 없나 보다. 그 탓에 한국에 다녀올까 소리를 한 것도 한두 번이 아니었다. 다행히도 입덧이 지나가고 안정기가 되니 그런 마음이 가라앉긴 했지만, 왜 나 혼자만의 애도 아닌데 내 몸만 이렇게 고생해야 하나 하는 생각은 첫째 때도 둘째 때도 사라지지 않았다.

둘째 입덧 중 그 '분노'는 더 심해졌던 것 같다. 남편이 회식이나 약속이 있어 늦게 들어오는 날엔 날이 바짝 서서 "마누라는 물도 제대로 못 마시고 속 울렁거리는 와중에 몸 구부려가며 큰애 목욕시키느라 힘들어 죽겠는데, 술이 들어가냐?"라고 쏘아붙이곤 했다. 내 몸 하나

가누기도 힘든데 큰애까지 혼자 보게 하는 건 너무 하지 않냐며 화를 냈다.

결국은 큰애를 핑계로 입덧약인 디클렉틴을 처방받았다. 몇 년 전만 해도 없던 것인데 입덧을 가라앉혀 주는 작은 알약이다. 어른들이 들으면 기겁하실지도 모르겠다. 입덧이 다 그런 거지 뭘 약을 먹느냐고, 배 속의 아기 생각을 해서 약은 말아야지 하고. 그래도 태아에게 안전한 것으로 알려졌다 하니 그냥 먹었다. 나중엔 그마저도 별로 효과가 없어서 처방 받은 약을 다 먹지도 않았지만.

뉴욕에서도 입덧이 있다 하니 산부인과에서 약을 처방해 줬다. 한국에서 먹은 약과는 다른 약이었다. 온단세트론ondansetron이라는 약이었는데 구토 억제제로 쓰는 것으로 태아에게 안전하다며 의사가 권했다. 내가 전문가도 아니고, 약의 성분이나 효과에서의 차이 이런 것은 모르겠지만, 적어도 나에겐 부작용이 있었다. 구역질은 가라앉혀줄지언정 엄청난 속쓰림을 안겨 준 것. 딱 두 번을 먹었는데, 한 번은 처음 처방 받고 어떨까 싶어 먹었고, 두 번째는 오래 전에 예매해 둔 공연을 가기 위해서였다. 공연장에서 구역질을 안 해 다행이었지만 속이 너무 쓰리고 아파 구역질 못지않게 안절부절 가만히 있지 못하고 식은땀을 흘리며 혼났던 기억이 있다. 그 이후 그냥 약 복용을 멈추고 몇 주간 입덧을 고스란히 견뎌야 했다.

그러고 보니 임신 중 어른들이나 먼저 아이를 낳은 친구들로부터 많이 들었던 말 중 하나가 "그래도 배 속에 있을 때가 편해. 낳으면 더 고생이야."였다. 둘째 임신 중인 지금도 가끔씩 듣는 말이다. 임신한 여자들 중 이 말 한 번이라도 안 들어 본 사람 있을까 싶을 만큼 정말 흔하게 하는 말 중 하나이다. 그리고 밝히자면 내가 정말 싫어하는 말이다.

첫째를 낳고 보니 아이를 키운다는 게 정말 쉬운 것은 아니었지만, 그래도 내 배 속에 있을 때보다 훨씬 자유롭다. 입덧약도 마음대로 못 먹는데, 일반 약을 더 못 먹는 것은 말할 것도 없다. 게다가 임신 중에 좋지 않다는 음식은 어찌나 많은지. 뭐는 자궁 수축이 와서 안 좋고, 뭐는 양수에 안 좋고, 이건 애 피부에 안 좋네, 저건 애 기관지에 안 좋네 어떻네. 사실 한 트럭을 먹는 것이 아닌 이상 그렇게 대단히 영향을 미칠 것 같지도 않지만, 좋지 않다고 하니 또 선뜻 손이 안 가게 되는 것도 사실이다. 지옥 같은 입덧이 지나간다 해도 먹는 것 하나 마음대로 못 먹고, 잠도 불편하게 자야 하는 생활이 몇 달이 더 이어진다.

그러니 낳은 아이를 먹이고, 씻기고, 안아 옮기고, 재우고 하는 일이 아무리 힘들어도 내 몸 하나 내 마음대로 못하던 임신 때보다 조심스럽거나 불편하지는 않다. 그저 내 몸이 나만을 위한 몸인 것이 실제 몸도 마음도 편하다. 그래서 난 내 주위 임신한 사람들에게 "배 속에 있을 때가 더 편해." 소리는 절대 하지 않는다. 정말이지 아무리 생각해도 공감할 수 없고, 그 말 좀 안 했으면 좋겠다. 대신 "낳고 나면 힘이 들긴 해도 내 몸만 책임져도 되니 훨씬 홀가분하고 편해."라고 할 뿐.

어쩌다 보니 옥수수차가 소환시킨 내 입덧과 임신의 기억들. 참고로 입덧 중 내 갈증을 가장 잘 해소해 준 것은 결국 자몽 주스로 밝혀졌다. 첨가물 섞인 것은 오히려 더 구역질이 날 수 있으니 반드시 100% 자몽 착즙 주스여야 할 것.

임산부석이 필요한 게 아니야

요즘 서울 지하철을 타 보면 곳곳에 꽃분홍색 자리가 보인다. 긴 좌석 끝에 있는 꽃분홍색 시트. 그리고 좌석 앞 바닥에는 같은 분홍색 발판에 "내일의 주인공을 위한 자리입니다."라는 문구가 적혀 있다. 임산부를 배려해서 자리를 양보하자는 캠페인의 일환이라 한다.

참 서글픈 일이다. 얼마나 사람들이 양보를 안 하면 저렇게까지 해야 하나. 그리고 저렇게 함에도 불구하고 굳이 그 자리에 앉아서 가는 사람들도 많다. 다른 곳도 분명 자리가 있음에도 좌석 끝이 한 사람이라도 덜 부대끼니 좋아서 그런가 보다.

이제 만 세 살이 된 첫아이의 임신, 출산 과정을 나는 모두 뉴욕에서 보냈다. 뭐 아주 단순히 '아 뉴욕은 양보를 잘 해 주었단 얘기인가 보구나.'라고 봐도 좋다. 그렇지만 거기도 가지각색의 사람들이 다 모여 살고, 못된 사람, 나쁜 사람도 있어 온갖 범죄가 일어나는 도시 아닌가. 지하철에서 아무리 배를 내밀고 있어도 비켜 주지 않는 젊은이들도 있었고, 그럴 때면 지하철역에서 나와 "오늘은 내내 서서 갔어."라고 남편에게 문자를 보내기도 했다. 참고로 뉴욕은 지하철에서 핸드폰이 거의 안 터진다.

그래도 '일반적으로' 따지고 보면 양보를 잘 해 주는 편이었다. 나는 몸집이 작은 편인데다가 만삭 때도 산부인과 의사가 배가 정말 작다고 말했을 정도로 배가 조금 나온 편이었다. 출산 경험이 있는 친구들도 내 만삭의 배를 보며 고작해야 8개월 정도밖에 안 되어 보인다고 말했을 정도였다. 배가 덜 나오면 더 많이 나온 것보다야 힘이 덜 들겠지만, 내 몸은 그 정도도 힘들었는지 발목과 무릎에 무리가 가서 늘 보호대까지 하고 다녀야 했다. 그런 내가 안쓰러워 보였는지 다들 참 잘 비켜 줬다. 나중에 출산

두 도시의 산책자

후 하루아침에 '빼앗긴' 양보가 아쉬웠을 정도였으니.

배 속에 있을 때부터 정말 한시도 가만있지 않고 움직인 우리 딸이었던지라 지하철에서도 사람들이 내 배의 움직임을 보고 "아들이야?"라고 물어보기도 했다. 다시 생각해도 재미있다. 임산부 배가 정말 계속 꿀렁꿀렁이고 있어서 옆이나 앞에서 잘 보일 정도였다니.

덕분에 나의 임신 기간은 제법 축복받았다 여겨진다. 배가 어느 정도 나온 뒤로는 오지랖 넓은 뉴요커들이 자주 성별을 물어보고, 처음 보는 사람인데도 슬쩍 배를 보고 "축하해."라고 인사를 건네주고. 이런 것들에 민족성까지 들먹이고 싶진 않지만, 아무래도 한국인들보다는 그런 말을 건네는 것에 좀 더 자유롭고 편한 사람들인 것 같긴 하다. 전체적인 성격과 정서의 차이이니 "왜 한국인은 임신 축하도 안 해 줘?"라고 불평할 수는 없지만, 임산부에 대한 배려는 그러한 사회적인 분위기에서, 서로 그것을 보고 배우며 갖게 되는 것 아닐까.

생각해 보면 임산부석 제공보다 임산부를 배려하는 마음가짐 장착이 훨씬 더 중요한 건데. 이런 건 어디서 배우나. 유치원에서부터 대학까지 학교에서 가르쳐야 하나.

지금 나는 둘째를 임신 중이다. 19주가 되니 이제 제법 배가 나와서 임산부인 게 점점 티가 난다. 보통 둘째부터는 이미 한 번의 출산을 겪은 몸이 기억을 해서 배도 더 빨리 나온다고 알려져 있다. 첫째 때도 그다지 배가 큰 편이 아니었지만 이 정도 상태로 지하철을 타면 어떨까 궁금하다. 요즘 내가 일하는 곳은 집에서 걸어서 3분 거리인데다가 어디 시내라도 나갈 일이 생기면 차를 쓰는 일이 많아지다 보니 둘째 임신 후 아직까진 지하철을 탄 적이 없다. 꼭 양보를 받아야겠다는 의지가 있는 건 아니지만 과연 사람들이 자리를 비켜 줄까.

최근 뉴스를 보니 지방의 한 도시에서는 임산부 좌석에 곰 인형을 두고 임산부가 타지 않을 때에도 좌석 비워 두기 캠페인을 시작했다고 한다. "임산부이니 자리 좀 양보해 주세요."라고 말하기 어려울 사람들을 위해 아예 비워 두는 좌석으로 두자고 시작한 것. 이에 대해 찬반양론이 있는 듯하지만, 티도 안 나고 더 조심해야 할 초기 임산부를 생각하면 좋은 방법이 아닌가 생각한다.

임신한 것이 벼슬은 아니니 유난 떨 필요는 없다. 그리고 이건 내가 개인적으로 늘 기억하려는 태도이기도 하다. 그래도 임신과 출산이 좀 더 배려받고 축복받는 사회가 된다면 출산율을 높이는 데 도움이 되지 않을까. 힘들기만 한 임신 과정이라면 누가 아이를 낳고 싶을까.

최근 보건소에 들를 일이 있어 갔다가 임산부 등록을 하고 철분제를 받아 왔는데, 임산부 배지도 같이 받았다. 아마도 가방 등에 걸고 다니며 임산부임을 한 눈에 보이게 해서 대중교통의 좌석 등을 양보받게끔 도와주는 배지인 것 같다. 그런데 참 민망하다. 임산부가 먼저 좀 생각해 달라고 소리치는 격이라니. 언니가 보더니 한마디 했다. "이걸 임산부가 걸고 다녀야 해? 다른 사람들이 양보해 주겠다는 배지를 달아야 하는 거 아냐?" 그러게. 양보해 달라고 아우성치는 모습 같아서 차마 못 걸고 다니겠다.

백화점의 유모차 부대

지금은 가까이에 살아서 우리 딸을 거의 '공동 육아' 중인 친언니지만 이전에 조금 떨어진 곳에 살 때는 시간이 날 때나 가끔씩 아이를 봐 주러 오곤 했다. 아직 많이 어렸던 시절의 딸내미를 데리고 다니려면 지금보다 많은 짐이 필요했으니 혼자 나가는 게 때론 버겁기도 하고 피곤한 일인지라 프리랜서로 일을 하는 언니가 쉬는 날만 기다리기도 했다. 그런 날이면 언니는 차를 가지고 우리 모녀를 데리러 와서 함께 여기저기 나가곤 했는데, 그중 자주 가는 목적지는 집에서 멀지 않은 백화점일 때가 많았다.

그때마다 느끼고 언니에게 했던 얘기 중 하나는 엄마들이 왜 그리 힘든데도 아이를 데리고 열심히 돌아다니는지 아이를 낳고서야 알게 됐다는 것이다. 아직 제대로 걷지도 못하는 아이의 시중을 들면서, 그 많은 짐 보따리를 다

싸들고 나와 다닌다는 건 사실 체력이 남아 할 수 있는 게
아니다. 하지만 집에서 아이와 온종일 시간을 보낸다는
건 정말이지 더 힘든 일이다. 이건 엄마에게만 해당되는
일이 아니라 아이에게도 마찬가지인지라, 오히려 나와서
돌아다니면 아이도 여기저기 구경하며 차라리 떼도 덜 쓰
고 조용할 때가 많았다. 엄마는 집에만 갇혀 있는 것보다
바깥 공기를 쐬는 게 얼마나 좋은지. 하다못해 집 앞 슈퍼
마켓이라도 가야겠고, 좁은 아파트 샛길이라도 나가야 숨
통이 트이는 것 같은 기분. 그 잠깐의 외출에도 물통, 물
티슈, 기저귀 등 필요한 물품이 참 많았지만.

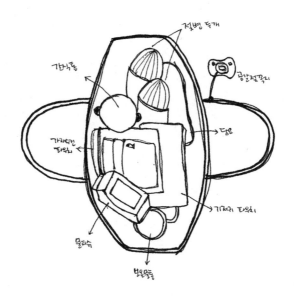

4장·인간에 대한 예의

그러다 문득 이런 생각을 한 적도 있다. 이렇게 아이를 데리고 나오는 엄마들이 많이 보이는 건 내가 아이를 낳아서 이제야 그런 광경이 눈에 들어오게 된 걸까. 마치 새로 차를 사면 길에 내 차종만 갑자기 더 많아 보이듯이. 아니면 정말 그런 엄마들의 절대적인 수가 많아진 걸까. 그러다 내린 결론은 '전자도 맞지만 후자도 맞다'였다. 나와 같은 처지의 사람들이 눈에 잘 들어오는 게 당연한 이치겠지만, 확실히 아이를 데리고 외출하는 엄마들이 이전보다 많아진 것 같다. 그냥 대부분의 시간을 집에서만 보낸다든지 누군가에게 아이를 맡기고 나온다든지 하는 일이 쉽지 않아져서.

왜 그럴까 생각을 해 봤는데, 그중 하나는 소비 자체가 이전보다 더 쉬워지게 된 까닭도 있을 테고, 또 하나는 여자들의 수준이 높아져서이지 않을까 싶다. 교육 수준도, 사회 경력 수준도. 아무래도 대학 교육을 받는 여자들이 이전에 비해 많아졌고 이후 대부분이 직장을 다니다가 결혼해서 아이를 낳는 경우가 많아졌으니 말이다. 사실 우리 엄마들 세대만 해도 대학을 가지 않고 곧바로 결혼을 하거나 고등학교 졸업 후 직장 생활을 하다가도 오래지 않아 결혼하면서 일을 그만두고 전업주부가 된 경우가 많았으니까. 나는 사회학을 공부한 사람도 아니고 그쪽 통계를 살펴본 건 아니지만, 내 주변 사람들은 물론 매스컴을 통해서 비추어지는 사람들의 모습만 봐도 대학 졸업 후 곧바로 결혼하는 경우보다는 직장 생활을 조금이라도 하고 결혼하는 경우가 많아 보인다. 여전히 결혼하면서 혹은 아이를 낳으면서 직장을 그만두기도 하지만, 아무래도 사회생활을 한 경험이 이전보다 길어진 경우가 많다 보니 집에만 있는 게 답답하게 느껴지는 것 아닐까.

첫아이가 더 어렸을 때, 낮잠이나 밤잠을 재우기 위해 가만히 옆에 누워, 그나마 아이를 눕힌 채 재울 수 있다는 건 축복이었지만, 토닥이며 잠들기만을 기다릴 때 정말 많이 든 생각 중 하나가 '어쩜 이렇게 비효율적으로 시간을 쓸 수 있을까.'였다. 아이의 스케줄은 예측이 불가능하다. 어린이집에라도 다니는 나이나 개월 수가 되어야 비로소 조금이나마 일정한 패턴이 생기게 된다.

사실 어느 누가 누워 있거나 기어서 생활하는 아이에게 일정함을 기대할 수 있을까. 그러다 보니 모든 것을 아이에게 맞춰야 하고, 매일매일 다른 스케줄로 살았다. 때로는 10분 걸리는 잠재우기가 어떤 날엔 한 시간이 넘게 걸리기도 한다. 그럴 때면 정말 나는 이렇게 시간을 '허비'하는구나 하는 허탈감이 마구 밀려온다. 남자들이 군대에서 느끼는 기분이 이런 것과 비슷하려나. 군대는 마음대로 나가지도 못하고 '갇혀' 지내니 훨씬 더하다고, 비교할 걸 하라고 하려나. 하지만 적어도 한 인간을 책임지고 키워야 한다는 부담감은 없지 않나. 그에 비해 육아는 내 한 몸 잘 건사하는 것으로 끝나는 게 아니니 말이다. 그러니 자꾸만 밖으로 나가려 하고 어떻게든 약속이라는 것을 만들어 보려 노력했던 것 같다. 어차피 내 마음대로 쓸 수 없는 시간, 뭔가 하나라도 더 해 보자 하고.

뉴욕에 있을 때도 유모차를 끌고 공원이나 카페에 다니는 엄마들이 정말 많았다. 마지막 해에 임신을 하며 산책하는 일이 많아져서 더 많이 보였을지도 모르겠지만. 서울로 돌아와서 보니 얼마나 뉴욕이 유모차에 '프렌들리'한 곳이었는지 새삼 느낀다.

정말 낙후된 시설의 뉴욕 지하철인지라 역사에 엘리베이터가 없는 경우가 다반사인데, 그런 지하철 출구에서도 도움을 요청하기도 전에 먼저 알아서 "유모차 들어줄까?"라며 다가오는 행인들. 어느 가게라도 들어갈라치면 먼저 달려가 문을 열어 주는 사람들, 게다가 참 쿨하

두 도시의 산책자

게 한 손으론 핸드폰 통화를 하면서 다른 손으로 문을 잡아 주며 눈짓으로 인사를 나누는 모습까지 선사하고. 그때도 그게 참 좋아 보였지만, 지금은 좋아 보이는 정도가아니라 너무나 부러울 정도이다.

유모차를 가지고 엘리베이터를 타려고 기다리다 문이열리면 문을 잡아 주기는커녕 유모차를 잡고 미는 사이에 먼저 쏙 들어가는 사람들은 어찌나 얄미운지. 지하철역은 엘리베이터가 없으면 유모차를 끌고 갈 엄두도 못낸다. 대체 왜 유모차는 가지고 나와서 여러 사람 귀찮게하느냐 소리 안 들으면 다행이다. 그나마 엘리베이터가있어도 유모차가 차지하는 부피가 크다 보니 은근히 눈치 보이고. 도대체 사지 멀쩡해 보이는 젊은이는 왜 꾸역꾸역 엘리베이터에 같이 타려고 하는지 답답하지만, 뭐라 할 수도 없다. 오히려 꼭 유모차를 밀고 나온 내가 죄인이 된 기분이다.

특히 의사소통이 안 되는 아이에 대해서도 역시 미국이 너그러운 것 같다. 어느 정도 말귀를 알아듣는 나이가되면 부모와 가족이 훈육을 통해 기본적인 사회 규칙을알려 주는 것이 당연한 도리겠지만, 그 이전의 아이에 대해서 '어쩔 수 없는' 부분을 이해해 준다. 가령 우리 시아

버님이 감탄하셨던 한 일화를 들어 볼까. 나와 남편이 뉴욕에서 지낼 당시 미국을 방문하셨던 시부모님은 내 시동생의 딸아이, 그러니 시아버님의 손녀를 데리고 비행기를 타신 일이 있었는데 기압 차와 낯선 환경 때문에 아이가 많이 울었다고 한다. 당시 한 돌 반이 안 되었던 아기인데다가, 워낙 예민한 편인 조카인지라 비행 중 많이 보채고 울었고, 당연히 아이의 부모는 물론 시부모님도 안절부절못하며 계속 아이를 달래셨다고 했다. 그럼에도 그렇게 아이가 우는데도 비행기에 탄 미국인들이 적어도 '대놓고' 찌푸리거나 불평의 말 한마디 안 한 것에 놀라셨다고 말씀하셨다. 그 사람들이라고 왜 그런 시끄러운 아이 울음소리가 싫지 않겠는가. 그럼에도 불구하고 애를 달래 봐라, 조용히 시켜라 등의 불만을 겉으로 드러내지 않았다는 것이다.

그에 비해 최근에 내가 방문한 한 카페에 "8세 이하 사자후 금지"라고 적혀 있는 것을 보고, "맞아, 맞는 말이지." 싶으면서도 어쩔 수 없이 씁쓸한 기분이 들었다. '그럼 어른은 사자후가 허용되는 건가.'라는 꼬인 마음과 함께. 공공장소에서 아이가 소리 지르며 뛰어다닌다면 보호자가 아이를 붙잡고 못 하게 해야 하는 것이 당연한 거지만, 아이에 대한 시선 자체가 부정적이라면 부모 입장에선 정말 움츠러들 수밖에 없다.

그러다 보니 양육자가 아이를 데리고 갈 수 있는 곳이 너무나 제한적이다. 그래서 대부분의 약속 장소는 백화점이나 쇼핑몰이 된다. 그런 곳에 돈을 쓰러 나가려는 게 아니라, 유모차를 끌고 다녀도 눈치 보지 않을 만큼 넓은 곳이어야 하고, 실내에 밥집, 카페 등 모든 필요한 것이 다 모여 있어야 하니까. 게다가 가장 좋은 것은 수유를 할 공간이나 아이의 기저귀를 갈 장치가 마련되어 있는 곳이라는 것. 최근에 새로 짓거나 설비를 정비한 곳일수록 '유아 휴게실'이 잘 갖춰져 있는 것을 보면 엄마들이 이런 곳이라면 나와서 소비할 준비가 되어 있음을 아는구나 느낀다.

첫째가 어린이집에 다니고 다시 일을 할 수 있게 되기 전까진 나도 친구들과 약속 장소를 백화점으로 잡는 경우가 대부분이었다. 혹은 아예 누군가의 집으로 가거나. 물론 그나마도 육아 휴직 중이거나 무기한 휴직 중인 친구들을 만날 경우에만 가능한 일이었지만.

이런 엄마들을 향해 "한가로이 남편이 벌어다 준 돈으로 백화점에서 돈 쓰고 다니는 속 편한 애 엄마들" 소리가 있음을 안다. 그런 게 아닌데. 나도 일을 하고 싶은데, 아이를 누군가에 맡기고 일을 하면 또 "어린 애를 남의 손에 맡기고 지 할 일만 하는 매정한 어미" 소리가 나오고. 꼭 이 이유만은 아니지만 출산을 포기하는 가정이 많아지는 것에 여자들의 자존감도 한몫하지 않을까. 그냥 저런 소리 안 듣고 마음 편히 살기 위해 말이다.

　많은 육아서에서 아이는 엄마가 못해도 3년은 데리고 키우는 게 좋다고 말하면서, 또 다른 매체에서는 여자들의 경력 단절이 국가 경제적으로 큰 손실이라 하고. 도대체 어쩌란 말인지. 이 나라에서 아이를 키우는 건 전적으로 개인의 몫인가.

두 도시의 산책자

두 도시의 산책자

1판 1쇄 인쇄 2018년 5월 25일
1판 1쇄 발행 2018년 5월 30일

지은이	장경문
발행처	도서출판 혜화동
발행인	이상호
편집	권은경

주소	경기도 고양시 일산동구 위시티 4로 45, 405동 102호(10881)
등록	2017년 8월 16일 (제2017-000158호)
전화	070-8728-7484
팩스	031-624-5386
전자우편	hyehwadong79@naver.com

ISBN 979-11-962056-4-5 03810

이 도서의 국립중앙도서관 출판예정도서목록(CIP)은 서지정보유통지원시스템
홈페이지(http://seoji.nl.go.kr)와 국가자료공동목록시스템(http://www.nl.go.kr/kolisnet)에서
이용하실 수 있습니다. (CIP제어번호 : CIP2018012992)

• 책값은 뒤표지에 있습니다.
• 잘못된 책은 바꾸어 드립니다.